ALL JAPAN HIGH SCHOOL SOCCER TOURNAMENT
GATE 4

近江高校サッカー部のブランディング哲学

TAKANORI MAEDA

Boys Be Pirates!

OHMI FOOTBALL CLUB

はじめに

何もないところからチームを立ち上げて、選手権準優勝まで8年。選手、スタッフだけでなく多くの方の支えによって、自分でも想像しないスピードでチームが成長していった気がします。2015年に近江高校のサッカー部監督に就任してから今までの9年間、僕は毎日全力を出し切ってきたと自負しています。

自らが選んだ近江高校を全国で戦えるチームにしたいという思いが、頑張れる原動力になっていたのではないでしょうか。日々の練習では喜怒哀楽を全面に出しながら、全力で選手と向き合ってきましたし、週末の試合に向けて対戦チームの映像を何度も繰り返し見続け、対策を練ってきました。選手を成長させるため、チームを良くするために寝る間も惜しんで多くの人に話も聞かせてもらいました。

簡単にチームを強くする方法なんてありません。決めた目標を達成するまでは、どんなにしんどくても頑張り続ける。振り返ってみると自分自身との戦いだった気がします。失敗の連続で何度も辞めようと思ったことはありましたが、自分自身に負けたくなかったし、僕を信じて近江高校を選んでくれた選手たちのためにも辞めるわけにはいきませんでした。立ち上げたばかりで何もない組織を全国区にしたい。いわばベンチャー企業のような精神で、1日1日を駆け抜けた結果が、選手権準優勝に繋がったと思っています。

近江高校に赴任するまでの人生を振り返っても同じです。わずか2年で契約満了を告げられた清水エスパルス時代を含め、怪我に悩まされ満足にプレーできない時間の方が長かったサッカー人生でした。ルーマニアで引退を決めた際は、「もう苦しい思いをしなくてもいいんだ」とどこかホッとした自分もいました。現役時代は苦しかった記憶しかありません。

自分をリセットしたいと思って入学した関西学院大学では、サッカーだけしかなかった今までの人生から視野が広がった気がしています。シンガポール時代に日本語が恋しくて、たまたま書店で手に取った沢木耕太郎さんの「深夜特急」に憧れました。現役時代はまとまった時間が取れず、なかなか長期の旅ができずにいたのですが、時間がたくさんある大学時代は旅に出るチャンス。ここぞとばかりに東南アジアだけでなく、可能な限り世界を回りました。

沢木さんはギャンブルを題材にした小説も書かれていますが、旅自体でもどちらの道を進むか決めなければならない時に、まるで博打を打つかのように決められていました。流れに身を任せる大切さに気付き、なるようにしかならないと思えたのは僕の人生にとって大きかったです。人間はそんなに崇高ではないし、正しいわけでもないということも沢木さんの小説やバックパッカーとして海外を放浪した経験によって学びました。そして、関西学院大学サッカー部の指導によって改めてサッカーの素晴らしさにも気付くことができました。

今にして思うと人生には何かを探す期間が必要なのでしょう。若くしてサッカー選手を辞めていなかったら、関西学院大学に進学してはいなかったはずなので、歩んできた人生の全てが今に繋がっている気がします。選手にはよく言うのですが、過去は変えられます。今が充実していれば「過去の経験があったから今の自分がある」と苦しかった過去に価値や意味が生まれます。人生を終えた際に良かったと思えるように選手にも今を全力で生きて欲しいですし、僕自身これから先も一生懸命毎日を過ごそうと思っています。

選手権準優勝という結果に満足していません。これからも僕は新たな目標に向かって頑張り続けますし、近江高校サッカー部は更なる高みを目指していきます。僕もサッカー部もまだ一つの章が終わっただけに過ぎません。これから第2章、第3章とページを積み重ねていきたいです。サッカーの指導者としてだけでなく、人間としてのページをどんどん積み重ねていき、最終的に自分がどんな人間になっているのか楽しみにしたいと思います。そうやって自らの可能性を追い求め続けることで人生が豊かになっていくと信じています。

何者でもなかった僕が選手権準優勝までたどり着いたように、毎日を一生懸命生き続ければ、誰でも夢や目標は達成できるはずです。歩んできた人生が、志を持っている指導者や今から何かを成し遂げようとしている若い人の役に立って欲しいと思い、この本を記しました。〝前田でも頑張り続ければ何とかなったんだから大丈夫〟。苦しい時にそんなことを思い出してもらえたら嬉しいです。

1
見るものを楽しませる サッカーで掴んだ準優勝

2
紆余曲折を経て 指導者の道へ

3
チームスローガンは「Be Pirates」

4

悲願の選手権初出場

5

近江のサッカー哲学

6
選手権準優勝後のチーム作り

Special TALK BATTLE

構成＝ 森田将義
カバー写真＝ 日刊スポーツ／アフロ
本文扉写真＝ 長田洋平／アフロスポーツ
本文写真＝ 森田将義
アフロスポーツ
YUTAKA ／アフロスポーツ
制作協力＝ 株式会社ディーゼルコーポレーション
装幀・本文組版＝ 布村英明
編集＝ 柴田洋史（竹書房）

1

見るものを楽しませるサッカーで掴んだ準優勝

OHMI FOOTBALL CLUB
Boys Be Pirates!

選手権で準優勝した
2023年のチーム作り

2023年度の高校サッカー選手権大会は、決勝で青森山田高校に負けてしまいました。悔しい結果になってしまいましたが、改めて振り返ると自分たちがやってきたことがピッチの上で十分に出せた気がしています。大会前に選手たちが掲げていた目標は「国立で試合をする」ということでした。その目標は達成できましたが、さらにその上の「日本一」は叶いませんでした。「日本一」が手の届くところにあると思えた一方で、近そうで遠い、そんな感覚でした。

そもそも昨年のチームは前年からAチームで試合に出て、プリンスリーグ関西を経験している選手が多いことが特徴でした。

2020年には初めて選手権に出場し、翌年は選手をもう一度同じ舞台に立たせたいと考え、春からアクセル全開で指導しましたが、目線の上がった少数の選手や僕たち指導者とその他の選手たちとの間に差が生まれてしまいました。その結果、大部分の選手たちが付いてくることができませんでした。いけないと分かっていても前年のチームと比べてしまう自分もいました。チーム作りが上手く進まなかった結果、選手権だけでなくインターハイ出場も逃してしまったのが2021年です。

就任してからずっと日々の出来事をノートに細かく記録してきました。試合やトレーニングの振り返りや本や映画で心に響いた言葉、Jリーグや海外の試合を見た感想などを記しておいて、1年が終わったタイミングで見返しています。その中から、特に大事だと思ったことはパソコンに記録しておくのです。そうした作業の中から浮かんできた2021年の反省点は、3年生を主体としたチームにしなければいけないということ、そしてしっかりとした組織を作れなければいけないということでした。近江高校サッカー部として、全カテゴリーがしっかりサッカーと向き合う集団にしたかったのです。

同時に2022年は選手の目線の少し上を提示できる指導者になりたいと考えていました。そのための準備として前年の11月25日に新チームが始動してからは、Aチームを1か月半ほどあえて見ませんでした。高校サッカー以外の試合を見たり、人と会う期間に充てて、自らを成長させようと考えていたためです。

また普段はじっくり見るのが難しいAチーム以外の選手を練習でチェックし、今年の選手の特徴を見極める時間に費やしました。今年のカラーをどうするか、誰をキャプテンにすれば良いのか。客観的に外からチームを見て、どんなチーム作りをすべきか考えを巡らせました。

そうしたチーム作りが上手く行った結果、インターハイ出場は逃しましたが、選手権には出場することができ、昌平高校（埼玉）とも手応えのある試合ができました。その経験が翌年の選手権準優勝に繋がったと思います。

スタメンで出ていた金山耀太（現在は関西学院大学）など全国の舞台を経験した下級生たちも多く、２０２３年は彼らの基準をまず上げて、他のメンバーがそれに追随できるようなチームづくりを目指しました。

これまでとは違った試合の挑み方

昨年度は年間を通した戦い方も上手くハマったと考えています。

2019年に初めてプリンスリーグ関西に昇格してからはリトリートして守るのか、前からボールを奪いに行くのか対戦相手に応じた戦い方を選択していました。しかし、それではチーム作りが上手く進まないと感じ、2023年度は一切相手に合わせる戦い方をしませんでした。目の前の試合を勝つことに精一杯だったこれまでとは違い、プリンスリーグを、年間を通じたリーグ戦として捉えるようになっていたのです。

インターハイや選手権の予選といった県内の戦いも同じで、選手に伝えるのは相手の抑えなければいけないポイントだけ。選手権予選決勝の草津東高校戦も抑えなければいけないポイントを伝えつつも、「戦い方はプリンスリーグと同じ。やってきたことをやるだけだ」と話しました。晴れ舞台である選手権への出場がかかった試合ではなく、これまでやってきた1週間に1度の公式戦と同じだと捉えることができたのが良かった気がします。

ただ、県内では「今年は近江が本命」と言われていました。そうした声が選手の耳に入っていたせいで「今年は絶対に勝たなければいけない」との意識が強くなり、予選でのプレーはずっと硬かったです。〝俺がチームを勝たせなければいけない〟と空回りしている選手もたくさん見られました。

そうした意識を変えるため、準決勝前のミーティングで言ったのは「近江は突出した個人がいるチームではない。みんなでやってきたチームだ」ということ。ベンチメンバー含め、チーム全員で戦わなければいけないし、80分で試合が決まらなければ、延長戦の20分もある。何ならＰＫの練習もたくさんしてきました。目的は勝つことだけ、全国の切符を掴み取るだけだと話しました。

予選準決勝の立命館守山高校戦は相手に守られてなかなか点が入らなかったのですが、選手はよく集中してくれていたので、延長まで行けば点が決まる、ＰＫ戦まで行けば勝てると思っていました。試合終了間際にコーナーキックから得点し、１－０で決勝へと駒を進めました。

決勝の相手は草津東高校。お互いに攻め合う試合展開で、今までなら負けていた気がします。ただ、以前はカウンターでやられて負けるという意識が強かったけど、その試合では〝やれるもんならやってみろ〟という感覚がありました。やってきたことをやるだけ。それでやられたら仕方ない。そんな開き直りに近い心境でした。

「パスやドリブルを引っ掛けられてカウンターを受け、危ない場面もありましたが、仕方ないと思えました。今までは怯えていたのですが、覚悟が決まったというか、やり合うしかないと思えた結果が勝利に繋がったと思います。

相手ゴール前でこそ自然体が大事

選手権への出場を決めてからはプリンスリーグ関西1部で2位となり、12月には翌年からのプレミアリーグ昇格をかけたプレーオフに出場しました。強化開始からわずか8年で高校年代最高峰のリーグまでたどり着いた高校は前例がありません。試合前、選手たちに「近江の歴史を変えよう」、「高校サッカー史上最速でプレミアに行ったら格好良いぞ」とハッパをかけました。

1回戦の北海高校（北海道）戦は延長戦の末、2－1で勝利。勝てば昇格が決まる2回戦・鹿児島城西高校戦は再三チャンスを作りながら、ゴールを奪うことができず、0－1で敗れました。勢いに乗って昇り詰めることはできませんでした。良い流れが来ているタイミングで一気にプレミア昇格できれば良かったですが、そう簡単にはいかないと改めて痛感させられた試合でした。

選手に重荷を背負わせすぎて、あまり力を出せなかったことが鹿児島城西戦での反省点です。選手たちには申し訳なく感じていました。本来は今いる選手がチームの歴史を背負う必要など全くなく、今年の近江の色を出せば良いだけでした。

　その試合での反省もあり、全国選手権では選手たちがのびのびとピッチで躍動できるよう、リラックスさせることだけを考えていました。プレミアリーグへの昇格を逃してから、選手権に向けてトレーニングや練習ゲームを重ねる中で意識したのは選手への伝え方。「選手権はビッグプレーが出ると湧く。お前ら、それを感じたくないか？それを感じたら、サッカーを辞められなくなる。最高の快感だぞ」と声を掛け、選手にサッカーを楽しんでもらおうとしました。

　心理的なプレッシャーなく、純粋にサッカーと向き合える環境を作ってあげたいと考えた結果、構えていても、良さは出ないとの結論にも行きつきました。選手権では僕が進んでメディアからの取材を受けて、普段と変わらない言葉が記事になれば、それを読んだ選手はきっと〝監督はプレッシャーを感じてなさそうだな〟と思ってくれる。練習では厳しくても、僕が普段の授業ではおどけた一面を持っていることを選手たちは知っています。そうした一面をあえて出せば選手が全国選手権も日常だと思えて、普段通りのプレーができるんじゃないかと考えたのです。

　宿舎の食事会場では意識的にスタッフ同士で笑い話をしていました。そうしたおかげもあって、普段の大会であれば、連戦になると選手は疲れていくのですが、どんど

山門のゴールで追いつき、PK戦の末に勝利を飾った日大藤沢（神奈川）戦。選手はみな思っていた通りのプレーをしてくれた

ん明るく元気になっていった気がします。

選手にリラックスした状態でプレーして欲しかったのは、プレミアリーグのプレーオフでの反省が大きかったです。押し込みながらも鹿児島城西の守備を崩し切れなかったのは、シュートを決めたいとの思いが強すぎて、ゴール前に入ると力が入っていたことが原因だと分析しました。力が入ると動きが固くなり、最後ギリギリの所で遊べなくなります。

ゴール前は一番、肩ひじを張らずにリラックスした状態でプレーしないといけないエリアです。大舞台であっても自然体のままプレーできるかはメンタル的な要素がとても大きいものです。相手を分析しながら積み上げないといけない部分もありますが、最後は選手を解き放たないといけません。

ただ、完全に解き放ってもダメで、そのバランスの配分をこれまでとは変えました。どんな言葉を掛ければリラックスしてプレーできるか、様々なパターンを考えました。〝適当にプレーしろ〟という表現は違いますし、関西弁の〝ええかげんにプレーしろ〟というのも違います。いろいろ悩んだ結果、〝フワッと〟という言葉が合っていました。そうした声掛けが功を奏したのか、選手権2回戦の日本大学藤沢高校（神奈川）戦で奪った山門立侑（現在は甲南大学）のゴールを含め、選手は思っていた通りのプレーをしてくれました。

全国大会で勝つためにはリスクを冒さなければいけない

2023年のチームはプリンスリーグでも十分戦えていたので全国選手権でも上位まで行ける自信がありました。これまでは強いチームと対戦して何かしら爪痕を残し

日大藤沢戦は、結果的にPK戦までもつれたが、80分以内で仕留める“攻め”の采配ができた試合だった

たいと口にしていましたが、全国大会で勝ち進む景色を見ることが目標でした。それがチームにとっても僕自身にとっても次のステージに進むための刺激だと考えていたのです。

選手権という舞台によって良く見えた部分はあるかもしれませんが、実際に対戦してみても自分たちの良さを出せて戦えている感覚はありました。対戦した相手も、準々決勝で戦った神村学園高校（鹿児島）と決勝の青森山田以外はプリンスリーグや県リーグに所属するチーム。プリンスリーグ関西に所属する近江と同カテゴリーのチームばかりだったので、いつもの日常のまま戦えた気がしています。

選手たちにも話しましたが、これまで

全国大会で勝ち進めないことが悩みでした。何度か全国大会に出て勝ち方と言いますか、これではないかと思う戦い方はありましたが、これまでは勝つことよりも自分の采配で試合を潰したくなかったので、リスクを冒せないでいたのです。このままではいけないと分かっていても、いざ大会になって結果を求めるとリスクのあるスイッチを押せない。選手と向き合うほどリスクを冒すのは難しいと感じていました。全国の舞台で結果を残すには恥を捨てて、まずは自らの姿勢を変えようと大会前から思っていました。結果的に2、3回戦はＰＫ戦までもつれましたが、前後半の80分以内で仕留める采配ができたと思います。〝守らないといけない〟選手起用ではなく、〝攻めないといけない〟〝勝負に出たな〟と選手が思えるカードを切り続けました。

特に初戦の日大藤沢戦を勝ち切れた経験は大きかったです。僕自身が越えなければいけない試合だと思っていました。

立ち上がりに先制され、後半13分に同点に追い付いた状況で、采配として追加点を狙って勝ちにいきました。振り切った指示を出し、勝つか負けるかの勝負に出たのです。

今までなら無茶をせず、手堅い手を打っていたと思います。ただ、この試合ではカウンターを浴びるかもしれないという危険を顧みずに、逆転を狙いにいった采配を選びました。僕自身が先に超えなかったら、彼らも超えられない。

試合前から「先に失点しても良いから、最後には逆転して勝つぞ」という気持ちでいました。そうした僕自身の変化が、試合での勢いを生み、選手をポジティブにしていた気がします。

準々決勝の相手は優勝候補にもあげられていた神村学園。J2ベガルタ仙台への加入が決まっていたFW西丸道人を筆頭に、世代別日本代表MF名和田我空などアタッカー陣はタレント揃い。そんな相手の攻撃を完璧に止めるのは無理だと感じ、打ち合おうと思っていました。それしか勝つチャンスはないと思い切った結果が、4－3での勝利に繋がりました。

〝負けたくない〟守備的な采配と〝勝ちたい〟攻撃的な采配の割合が、就任してからの8年間で変わっていきました。徐々に攻撃に振り切れている気がします。

立ち上げの頃は勝たなければいけないプレッシャーを常に感じていました。とにかく勝たないと良い選手が近江に来てくれないと思っていたからです。

2年目に初めてインターハイに出た時も、県予選の決勝は粘り強くPK戦に持ち込んで勝ちました。そこから、自分たちの良さを出すこと、勇気を持つこと、果敢に攻めることが大事だと少しずつ針を振り切れるようになってきました。

選手に伝える言葉は抽象的に

選手に対する指示の仕方も近江を指導したことによって変化しました。高校生の指導を9年やっていますが、いまだに選手たちにどう伝えるたらいいのかは難しいです。

これまでは選手に細かい所まできちんと伝えないと不安でしたが、コロナ禍で時間が空いた際にいろいろな勉強をした結果、あまり細かいことは言わず、選手自らが発見できるようなトレーニングが良いのではないかと気付き、それからは言わないところと言うところのバランスを意識するようになりました。

指導者はトレーニングのルール設定とオーガナイズをするだけで、最適解は選手自身が気付いた方が身に付きやすいと思います。1回のセッションの中で必ず1度は選手自らが気付きを得られる要素を入れています。普段の練習を通じて、明確なプレーモデルや原理原則を発見し、身に付けて欲しいと思っています。

ボールに対する執着心を持ちつつ、発想力を高めながらトレーニングを積み重ねるのが近江流です。言われたことだけをやるだけではダメで、僕が言った言葉をどんどん膨らませて欲しいと思っています。なので、余白が残るような言葉を意識的して投げ掛けています。具体的な言葉になればなるほど、選手は言われた通りのプレーしかしなくなるので、なるべく余白を残して選手自らが考えて、広げて欲しいと考えています。

選手に伝える言葉で多いのは、〝グッ〟とか〝ガッ〟とか〝フワッと〟といった擬音語です。日大藤沢戦では、「攻撃は〝ドドドドドドドドド〟とマシンガンで連射しろ」と選手に伝えていました。意味がわからないですよね？（笑）

いくら守備が固いチームであっても連射をすれば、必ずどこかに穴が開いてくる。そこに次の選手が入り込んでいけば得点に繋がると伝えたかったのです。点を取ったシーンも含めて、あの試合は積極的にクロスを入れていましたが、意図的でした。反対に3回戦の明秀日立高校（茨城）戦は空中戦に強いチームなので、積極的にペナルティエリアに入っていくイメージの抽象的な指示をしました。

このように普段の試合前でも攻撃に関しては具体的な指示をしていません。ボールを持つ選手に対するサポートを例に挙げると、以前は「Aがこう動けばここが空くから、Bが走り込め」と具体的に細かく指示していましたが、今は違います。「近い選手が本気で受ける所にポジションを取ろう。タイミングよく的確なスピードが大事」と抽象的に伝えることで、奥の選手のポジションが決まって、全体のポジションが決まってくる。そうすれば選手自身が気付きを得て成長速度が速まりますし、プレーの躍動感も生まれます。

相手のスタイルを逆手にとって掴んだ国立での勝利

準決勝の堀越高校（東京）戦は難しい試合になりそうだと感じていました。国立競技場は高校サッカーにとっての聖地だと言われています。ただ、僕自身はあまりピンとはきていませんでした。どの会場でも一緒なんじゃないかと。ただ、いざ国立競技場に行ってみると場内の雰囲気は、東京都代表の堀越のホームに近い状態で、怖さを感じました。先に失点してしまうと、会場が一気に堀越を応援する雰囲気になって飲み込まれてしまうかもしれない。等々力競技場で神奈川県代表の日大藤沢と対戦した2回戦も同じ印象を持っていました。

準々決勝の神村学園戦でも感じたのですが、バックスタンドはそれぞれの応援席に分かれていますが、選手権のメインスタンドにいるのは、ただ面白い試合が見たいサッカー好きがほとんど。神村学園戦では試合終盤の逆転劇によって、メインスタンドの人たちも味方になってくれたと感じましたが、国立ではきっと東京在住の観客も多いので、地元・堀越を応援する雰囲気ができてしまうと危惧していました。

そこで、0－0で前半を終えるとホームである相手の試合になってしまうと思い、最初から積極的に仕掛けました。選手たちも期待に応えてくれ、3－0でハーフタイムを迎えることができました。ただ後半に1失点でもすれば、会場の雰囲気も変わり、堀越の選手もその空

満員の観客で埋まった国立競技場での準決勝の相手は東京都代表・堀越高校。アウェイのような雰囲気に怖さを感じた

準決勝の堀越戦は金山を左のウイングバックで起用し、フリーマンの役割を与えたことで、相手の混乱を上手く誘えた

気に後押しされ、もう一回スイッチが入ると考えていたので、3－0になっても安心できませんでした。

　同時に堀越がボトムアップ型のチームであることも利用しようと考えていました。ピッチ内で混乱が起きた時に選手主体でどこまで修正できるのかなって。堀越の選手は3バックの左からドリブルで持ち運ぶ金山耀太への対策を緻密に考えていたはずなので、それならポジションをずらしてみようと思い、金山を左のウイングバックで起用し、フリーマンの役割を与えました。そうすると堀越は誰がどのポジションを取って抑えれば良いかきっと分からなくなるのではないかと思いました。トップダウンのチームなら指導者からの修正が入りますが、ピッチの中で選手が話しながらだと修正も遅れるんじゃないかと考えたのです。

試合後に選手たちに聞いたのですが、堀越の選手は金山への対応で精一杯で何も話せず、フリーズしていたそうです。

「SLAM DUNK」に例えた青森山田との決勝

決勝で戦った青森山田さんは漫画の「SLAM DUNK」で例えるなら、絶対王者の山王高校だと考えていました。近江はどちらかと言えば、チャレンジャーの湘北高校。「桜木花道」はフィジカルに長けたストライカーの山本諒、「赤木剛憲」はチームを牽引してきたキャプテン・金山、「木暮公延」は控えのセンターバックだった3年生の里見華威、がパッと思い浮かんだのですが、「流川楓」と「三井寿」がいない。主役級が足りていないので非常に厳しい戦いになると思っていました。

だからといってただ、当たって砕けろという戦いをしても仕方がありません。1年

決勝戦の相手青森山田は、チームとして隙がなく、メンバー全員を警戒する必要がある、まさに高校年代最強の“絶対王者”

間やってきた自分たちのサッカーを変えずに丁寧に策を練りました。今までは漠然と青森山田をイメージしていましたが、決勝で対戦するにあたって、じっくり分析すると改めてすごいチームだと感じました。寮生活を送りながら、冬の時期は雪が積もる中で練習を行い、日本一を目指している選手ばかりなので、サッカー選手としての覚悟が違います。選手権では宿舎が同じだったのでピッチ外での立ち振る舞いも見させてもらいましたが、とてもしっかりしていて感銘を受けました。

　青森山田は誰か一人二人を警戒するのではなく、メンバー全員を警戒する必要があります。まさにどこからでも手りゅ

青森山田は選手たち自身が常にピッチで話し合い、クレバーに、そして柔軟に戦うことができる大人のチームだった

う弾を投げてくるイメージです。僕らはいかにそれを避けて、時には早く投げ返すことができるかが大事。反対に僕らがマイボールの時は「黒ひげ危機一髪」みたいな状態で、どこがアウトになるか探りながら攻めないといけない。黒ひげが跳ぶ箇所も一つではなく、複数あるようなチームなので簡単ではありません。

ロングスローや前線へのロングボールばかりが注目されますが、ちゃんと試合を見ている人は技術的にも上手い選手が多いことに気付いているはずです。パワフルなサッカーやセットプレーだけで勝ってきたわけではないチームだと念頭に置きながら試合に入りました。

彼らの上手さはピッチの105メート

毎年選手が変わっても強くあり続けている青森山田のすごさを身をもって感じることができた
（右は青森山田・正木昌宣監督）

ル×68メートル内で最短最速に技術を発揮するチームだと定義しました。近江としてはコートを区切って、コンパクトフィールドを作りながら戦うのが狙いでした。前半は起点を作りながら戦い、後半に入るとコンパクトなフィールドを作りながら局面で勝って、勝率を少しでも上げようと意識していました。

県予選も含め、トーナメントの初戦と決勝は緊張もあって不確定要素な出来事が起こるため、番狂わせが起こりやすいのですが、青森山田が見せた決勝での戦い方は非常にクレバーでした。

試合後に選手たちに聞いたのですが、「青森山田の選手はピッチ内での会話がどのチームよりも多かった」と口にしていました。選手たち自身が試合中に感じたことを話し合って、柔軟に戦えているのが青森山田の強さだと感じました。選手たちがみな大人で、サッカーをよく知っている。すごく努力してあの場所に立っているのだと改めて感じました。

これまでの勝ち上がりを見ても、青森山田は前半の15分を怒涛のように攻めてくるので、とにかくその時間帯をしのぎ切るプランを描いて試合に入りました。

前半33分に先制点を許してしまいましたが。そのまま0－1でハーフタイムを迎えた際には、選手たちに対して、「よくやった」と伝えました。「このまま行けば、絶対に逆転できる」と背中を押して後半のピッチに送り出しました。そして、後半開始から投入した山本がすぐに同点ゴールを奪い、その後もチャンスを作ったのですが、追加点が奪えないまま試合が進むと後半15分と25分に連続失点し、1－3でタイムアップを迎えました。

決勝だけは延長戦もあったので、青森山田は120分トータルで仕留めれば良いというプランを描いていたのではないでしょうか。僕らも決勝だけ延長戦があるのは分かっていたのですが、あまり考えずに90分間で勝ち切るつもりで戦っていました。それは全国大会の決勝に行くのが初めてだったからであって、何度も戦っている県予選の決勝なら延長戦も踏まえて仕留めれば良いと思っていた気がします。そうした立ち位置の差が結果に出た気はします。

毎年、代が変わっても強くあり続ける青森山田のすごさを、身をもって感じました。サッカーはどんなスタイルでも極めた方が勝つ気がします。近江は極められなかったから準優勝に終わり、青森山田は極めたから優勝という結果だったと感じました。

決勝後の会見で選手に向けて発した「優勝しても準優勝しても、過去のことを引きずるのではなく、今を生きて欲しい」という言葉は自分に対する戒めでもあります。今後、2023年度のチームのエッセンスは入れることはできても、同じチームは二度と作れません。そもそも同じチームを作ろうと思っても、選手のプレーが違えばキャラクターも違うため、きっと上手く行かないでしょう。僕らも近江らしいスタイルを突き詰めて、代が変わっても見ている人がワクワクするようなサッカーをし続けられるチームにしたいです。

2

紆余曲折を経て指導者の道へ

OHMI FOOTBALL CLUB
Boys Be Pirates!

指導者として成長するためには美意識が重要

この春から京都芸術大学に通い始めました。元々、ずっと大学院に行きたいとは思っていたのですが、心惹かれる学校が見つからなかったのです。指導者をやっているなら、バイオメカニクスやコーチング学を学ぶべきかもしれませんが、それらは現場で学べます。大学院でわざわざ学ばなくても、現場で一緒になる様々な指導者からよりリアルな話を聞けば良いだけです。いろいろ考えた結果、リベラルアーツを学ぼうと思いました。どうせなら幅広い知識、教養、哲学を掘り下げたかったのですが、教師をやりながら通うのは難しい。なかなかこっていう志望校を決めかねていました。

そんな時に、以前から親交があった楽天大学学長の仲山進也さんに紹介していただいた、京都芸術大学・通信教育部芸術学部芸術教養学長の早川克美先生と話をする機会があり、学校の話をうかがっているうちに芸大で勉強するのは面白そうだなと思いました。

何よりデザインの考え方や見せ方はサッカーに繋がっていくと感じたのが、入学を決意した理由です。周囲の人たちには「青森山田に勝つには、近江は感性を磨く」と冗談交じりに話していましたが、物ごとの美しさに気付ける感性を身に付けたいと思っていました

これまでサッカーの技術、戦術はかなり勉強してきたつもりですが、ずっとサッカー界にいると物の見方、考え方が固まってしまいがちです。新たな発想は別のことをしたり、学ばないといけない、切り口を大きく変えなければいけないと考えていました。

面白い物に食い付きたい、ビビッとくる感性を身に付けたい。そうした感覚は年齢とともにどんどん衰えてしまうものです。指導者がそういった感性をなくしてしまうと不利益を被るのは選手です。

感性が鈍り、選手のちょっとした変化に気付けない指導者では選手もチームも成長しません。常に感性を磨き、見方や思考をブラッシュアップすることができれば、これまでとは違うタイプの選手に目が行くようになるかもしれません。

授業は基本的にオンラインなので、隙間時間などで受けられます。ただ、レポートを書かなければいけなかったので7月は忙しい日々を過ごしました。印象に残ってい

るのは、病院の待ち時間をどうデザインするかというテーマです。待合室をデザイン思考でどう作るか。人それぞれ感じ方、考え方が違うテーマなので、飽きがこないようなデザインを考える人がいれば、病が少しでも和らぐように考える人もいました。それぞれが患者のストーリーを思い浮かべながら、デザインを考えていきます。

今、取り組んでいるのは「事例を挙げながら、歴史的景観についての考え方」というテーマです。僕は滋賀県大津市の事例を交えて、レポートをまとめました。

江戸時代中期の大津市は都のあった京都に行くまでの宿場町として栄えていました。都に行く準備のため、衣料品など各種産業が栄えた結果、東海道最大の人口を誇っていたのです。市内には100もの町が存在したことで、大津百町と呼ばれていました。ただ、今は京都府、大阪府のベッドタウンになっているので、歴史的な背景を含めた上で、昔の景観を残しながら、どうやって産業を作っていくべきかを考えました。もちろんデッサンを起こす機会もあるのですが、デザインとは考え方も含め多岐に渡るから面白いです。

世の中にはいろんなデザインがありますが、最終的には企業が採用してくれなければいけないし、ユーザーの目に留まらないといけません。ただ、大学院で美意識を学ぶうちに、そうした周りの目やニーズを気にするのではなく、市場調査はしつつも自分は自分が美しい物、これだと思う物を出さなければいけないと感じました。

それはサッカーも同じで相手ありきで、ただ勝利だけを目指したサッカーをしても百点満点はもらえません。自分がこれだと思ったサッカーで、人々を感動の渦に巻き込む気概が必要だと感じました。

人生の転機となった私立中学への進学

サッカーを始めたのは小学2年生です。当時はJリーグが発足したばかりで、サッカー熱が高まっていた頃です。近所の友だちが始めたので、僕も一緒にボールを蹴り始めました。

所属していた虎姫サッカースポーツ少年団は土日のみの活動だったので、平日はずっと自分たちでミニゲームをしていました。家に帰ってからも時間を見つけてはリフティングを繰り返す日々。大人に何かを教えてもらったわけではなく、サッカーの楽しさを自分たちで見つけてのめり込んでいきました。

ただ、チームとしては県大会に出場するのがやっとというレベルでした。個人としての経歴も湖北トレセンに選ばれたぐらいで、県トレセンには落ちました。小学校の頃の文集にはJリーガーになりたいと記していましたが、あまり本気ではなかった気がします。今の近江の選手たちの方が本気なのではないでしょうか。

サッカーを楽しむ一方で、学校生活は決して楽しかったとは言えませんでした。合唱コンクールや当時、授業の一環としてあったマスゲームのような集団で一つの目標に向かって頑張るような取り組みが嫌いでした。計算式を覚えたり、年号を暗記することが優先の授業も楽しめなくて、学校には行っているものの授業はよくサボっていました。そんな男が今は高校の先生をやっているなんて本当に不思議ですよね。

転機となったのは小学6年生の頃でした。教師だった親に「中学は私立へ行ってもいい。あなたの人生なのだから、自分で決めなさい」と言われて、近江兄弟社中学校のパンフレットを渡されました。

当時の僕は小学生ながらに人生をやり直したいと考えていたのかもしれません。このまま地元の公立中学に進学しても、きっと良くないんだろうと小学生ながらに分かっていました。そこで近江兄弟社中学校への進学を決めました。

近江兄弟社中学校はキリスト系の学校です。毎朝、讃美歌を歌って聖書を読むのが日課で、続けているうちに心が落ち着いていきました。同級生も真面目な生徒ばかりで、勉強するのが当たり前。そんな環境に感化され、勉強に対する取り組み方も自然と変わっていきました。小学生のころとは違って、中学に入ってから真面目に勉強するようになったので成績もグンと良くなりました。

近江の選手たちにもよく言っているのですが、生活が安定しないとサッカーも上手くはなりません。中学時代の僕がまさにそうで、もし地元の公立中学に進んでいたら、サッカー選手になることもできず中途半端な人生を歩んでいた気がします。

当時としては珍しいのですが、1年生の頃には3週間ほどアメリカ留学に行かせてもらいました。現地の学校に入るためのテストがあるのですが、当時の担任だった英語の谷口真紀先生に付きっきりで教えてもらったのを覚えています。谷口先生はその後、教師を辞め、関西学院の大学院へと進み、紛争解決プログラムに取り組まれました。僕が大学生となった際に再会し、食堂でご飯を食べながらいろんな話を聞かせてもらいました。

アメリカ留学ではミシガン州のお家にホームステイさせてもらい、様々な経験をさせて頂きました。ホームステイ先の子どもと一緒にサッカーや野球をしたり、すごく楽しかったです。当時のアメリカの空気感がすごくかっこよく感じていました。「お昼ごはんを持って行きな」と言ってホストマザーに渡された紙袋の中には、手作りのサンドイッチと林檎が1個入っていました。林檎をそのまま噛り付いている時に「これがアメリカなんだ」と思ったのを覚えています（笑）。

僕が関西学院大学に在籍していた頃、ホストマザーが近江兄弟社中学校に「ミスター前田は今、何をしている？」と連絡をくれたこともありました。ちょうど日本に来るタイミングだったので、岡山駅近くの公園を散歩して、お茶をして「すごく英語が上達しているね」と褒めてもらったのを覚えています。

様々なポジションの経験が選手を伸ばす

中学時代に真剣にサッカーをするなら、部活ではなくクラブチームしかないと考え選んだのが神照（かみてる）FCでした。当時、湖北トレセンに選ばれていた選手たちが挙（こぞ）って加入していたことも決め手でした。

当時の指導はとても厳しく、事あるごとに走らされていました。その厳しさは中学

1年生の時には40人ぐらいいいたチームメイトが卒業する際には9人になっていたほどです。

ミスをするとすごく怒られていたので、ボールを失うことに対するアレルギーが染みついた3年間でした。

中学校の最後はフォワードでプレーしていましたが、それまでに中盤やセンターバックも経験し、そのことが後のサッカー人生にすごく役立ったと思います。

現在、近江の選手たちにいろんなポジションを経験させているのは、僕の中学時代の経験に基づいています。ただ、むやみやたらにポジションをコロコロと変えるのも良くはありません。スペシャリストになり得る能力のある選手には、一つのポジションで鍛えた方が良いと思っています。

僕の感覚では本来のポジションで何かを掴んだ時に、違うポジションを経験させると成長速度が加速していくと思っています。それなので、掴んでいない時に慣れないポジションを経験させても選手が戸惑うだけなので、タイミングも重要です。

何かを掴んだ時に言語化できる時とできない時があると思います。できない時はよく分からないけど上手く行く場合というのでしょうか。高校生の試合を見ていると、なぜ上手く行っているのか理由が分からないままプレーしているように感じる選手がいます。

理由が分かったと感じる時は、何かを掴んだタイミングで左サイドの選手を逆サイドにしたり、周辺のポジションにコンバートしたりしています。

コンバートによって、自分の本来のポジションを違った角度から見ることで、より深く学んでいけるのではないかと思います。

その頃の神照FCは滋賀県大会で優勝して、関西大会には出場してはいましたが、たいてい初戦で敗退してしまうくらいのレベルでした。

当時は後にセレッソ大阪でプロになった山城純也がいた枚方フジタSC(現在はT・フジタSC枚方)が強くて、レベルの高い選手が揃っていました。もっと上手くなりたい、ハイレベルの選手たちとサッカーがしたいと思っていましたが、小学生で県トレセンに選ばれていない選手は、トレセン活動に行かせてもらえないのがチームの方針でした。

高校に進学する際は、地元の進学校である虎姫高校に進もうか悩んでいたのですが、やっぱり真剣にサッカーがしたかったので、全国大会の常連だった草津東高校を選びました。当時から将来について考えていて、プロに行けなかった時の保険も頭にあったので、虎姫高校と迷いましたが、その時の自分が打ち込みたいことがサッカーだったので草津東の体育科に入りました。そこで3年間一生懸命頑張ってプロになれなかったら一浪してでも大学に行こうと考えていました。

挫折と栄光を味わった高校時代

入学してからはとても順調で、インターハイのメンバーには選ばれなかったのですが、選手権にはガンバ大阪でもプレーした内林広高さん（現・レイラック滋賀FC社長）など上級生に混じって、1年生ながら全国大会のベンチにも入ることができました。初戦の2回戦で、前橋育英高校（群馬）と対戦したのですが、0－2で敗戦。ベンチで試合を見守りながら、「負けろ。早く自分たちの代が来れば良いのに」と思っていました。当時から今と変わらず生意気ですよね。

ただ、いざ2年生になっても自分が思い描いて通りにはいきませんでした。新チームになったばかりの新人戦はレギュラーとして試合に出たのですが、全く活躍できず、ある試合で前半のうちに変えられてしまい、そこから選手権まで1試合もスタートで出られませんでした。今になって思えば、中二病ならぬ高二病です。明らかに腐っていて、サッカーだけをするために学校に通っていたので、授業は「テストで点数を取れば良いのでしょ」というスタンスで真面目に受けていませんでした。

当時の草津東は現役を引退しばかりの古賀聡さん（鹿島アントラーズなどでプレー。現在は明治学院大学監督）が臨時コーチとして僕らを指導してくれていました。Bチームでもスタメンに選ばれなくなったタイミングで、不貞腐れていた僕を捕まえて、「お前、甘いよ。このままだとずっとBチームのままだぞ」と叱ってくれたことを覚えています。

古賀さんには全体練習後の自主練で1対1や、クロスからのシュート練習に付き合ってもらっていたので、掛けてもらった言葉が素直に響きました。

2年生の時は上手く行かないことばかりでしたが、サッカーは好きなのでやり続けるしかありません。また、このままでは終われないという気持ちも強かったので、練習で手を抜くようなことは一切なかったです。秋になってからようやくAチームに復帰し、選手権には出場したのですが、県大会の準々決勝で野洲高校に敗戦。雨のグラウンドでPK戦のキッカーを任されたのですが、外してしまい、敗れた責任を感じた僕は人目もはばからず涙しました。

今にして思うと活躍できないのは当然だったかもしれません。1年生の頃は勢いがあって、たくさん点を取っていたのですが、周りが3年生だったことが大きかったように思います。数少ない下級生だったので気を使ってもらっていたのでしょうね。優しく接してくれていました。1年生と3年生という立場だから良かったのですが、2年生と3年生の立場に変わると関係性が若干変わります。3年生に可愛がられていた僕の態度や言動がきっと生意気だと思われていたんじゃないかと思います。3年生に対してピッチでもどこか遠慮してしまう自分がいました。

練習は真面目に頑張っているのに、なかなか試合で出番を貰えない。そんなイライラから帰り道に駅のホームでコーチに対する暴言をつい吐いてしまうことがありましたが、そんな時「どこで誰が聞いているか分からないから、やめておけ」と宥(なだ)めてくれていたのが、同級生の川西俊貴でした。彼は現在、滋賀県内の公立中学で先生をしながら、外部コーチとして近江のサッカー部に携わってくれていて、2023年度の高校サッカー選手権大会ではメディア対応をしてくれました。当時の出来事をよく覚えていて、「お前は、よく悪態をついていた」と、20年以上前のことを今でも言われます。

当時は自分より下手な先輩がなぜ試合に出ているのだろうと思っていましたが、今にして思えば試合に出られないのは当たり前。古賀さんに言われた「甘い」という言葉が全てだと思います。1年生で選手権のメンバーに選ばれたことで、間違った自己肯定感が強かった気がします。

ただ指導者になると同じくらいの力の下級生と3年生がいたら、3年生を試合で使う理由は分かります。高校最後の1年にかける3年生のパワーは僕らが想像できない物を持っています。下級生が試合に出るのは、才能やポテンシャルにかける場合で、当時の僕はそこまでに至らなかったのでしょう。

以前はそうした高校サッカーならではの力を信じていませんでした。同じ実力なら将来を買って下級生を起用していましたが、近江に来て8年目の2022年に3年生の力を感じました。

恩師のすごさを知った近江2年目

当時の小林茂樹監督（現・草津東高校総監督）は、豪快なプレーや華麗なプレーが好きで、ある意味ロマンの男でした。よく反抗的な態度を取ってしまっていましたが、高校サッカーに携わってから、小林先生のすごさをより感じるようになりました。

２０１７年は、小林先生が監督として挑む最後の選手権でした。予選決勝で戦うことになったのですが、恩師の最後だからと言ってもちろん手心を加えるなんてことはありません。

夏のインターハイ予選ではＰＫ戦で近江が勝ちましたが、選手権ではリベンジされてしまいました。アディショナルタイムに草津東にゴールを決められ、０－１の敗戦。草津東がハーフタイムに2人の選手を代えたのが、勝負の流れを変えました。

この試合では、近江ペースだった試合展開が交代策で一気に変わり、改めて小林先生のすごさを感じました。

小林先生にとっては最後の選手権で負ければ監督としてのキャリアが終わる中、躊躇せずに決断を下せるのは本当にすごいと思いました。勝負師だから思い切った決断ができたかもしれません。試合内容でも草津東の方が上回っていましたが、それ以上に指導者として力の差を感じました。あの負けは一生忘れることができません。勝っている理由がある人なのだろうとも思いました。勝負所での選手起用や思い切った交代策など、指導者になってからの方が、小林先生から学んでいることが多い気がします。

無名の存在から掴み取ったプロ入り

3年生になって、ようやくレギュラーになりました。インターハイは全国大会に出場したのですが、丸岡高校（福井）に敗れて初戦敗退。勝てば中村北斗（アビスパ福岡などでプレー）や平山相太（FC東京などでプレー、現・仙台大学監督）らがいた国見高校（長崎）と対戦出来たので、悔しかったです。

秋に静岡県で開催された国民体育大会のメンバーにも選ばれたのですが、岐阜県との1回戦で退場。その試合は何とか勝ったのですが、次の大分県には負けてしまいました。高校時代の僕は一切、全国大会で活躍できなかったので、決してサッカー雑誌で特集されるような選手ではなかったです。

スポーツ推薦の話もあったのですが、大学でサッカーを続けるつもりはなく、全て断っていました。Jリーガーになれなかったから、浪人してでも早稲田大学に行くつもりでした。

ただ、アピールの舞台だと思っていた最後の選手権は県大会の準々決勝で比叡山に

PK戦負け。このままではサッカーが終われないと思った僕は「どこかJリーグのチームを紹介してください」と小林先生にお願いし、繋いでもらったのが清水エスパルスでした。

当時の清水エスパルスは成績こそ下位でしたが、チームのレジェンドである澤登正朗さん（現・清水エスパルスユース監督）を筆頭にすごい選手が揃っていました。中でも印象的だったのは、日韓ワールドカップでも活躍した韓国代表のアン・ジョンファン。パス回しの時にボールを全然見ていないんです。ボールを目から切っている時間が長いので、奪おうと思っても簡単に飛び込めませんでした。身体能力的にすごい選手はたくさんいましたが、これが本当に上手い選手なのだと肌を持って知りました。

僕みたいな練習生は毎年何百人といる世界で、その中から実際に合格するのはほんの一握り。1、2回練習参加するだけの選手と仲良くなる必要もないので、先輩たちは決して優しくはありません。最初は誰も声を掛けてくれなかったのですが、面白いものでで良いプレーをすると話し掛けてくれるようになるのです。

卒業後の進路が何も決まっていなかったので、このチャンスを生かすしかないとの強い気持ちで練習参加したのですが、そこで自分でも驚くぐらい良いプレーができたのです。

12月には2度目の練習参加に呼んでもらったのですが、そこでは全く活躍できませんでした。2度目の練習参加で獲得するかどうかを判断すると言われていたので、駄目だと思って予備校に通い始めました。今から頑張って早稲田に行こうと思っていたら、クリスマスの日に小林先生から「清水エスパルスに受かったぞ」と電話がかかってきたのです。すぐさま、「Jリーガーになるんで」と予備校を辞めてプロへの一歩を踏み出しました。

新人で大怪我。救ってくれたのは先輩たち

高校3年生の頃は、かなり自分に自信を持っていました。血気盛んで「止められるものなら止めてみろ」という気持ちで試合に挑んでいましたが、いざプロに入るとそう簡単にはいきません。技術レベルが圧倒的に違い、みんな上手い。ユースから上がってきた同年代の選手も能力が高く、選手として粗削りだった僕はボールが奪えず、自分のストロングポイントが全く出せませんでした。

ファーストステージを終えたタイミングで成績不振により、監督がアントニーニョから石崎信弘さん（現・ヴァンラーレ八戸監督）に代わりました。監督が代わったタイミングは僕らのような選手にとってはある意味チャンスです。その頃は調子が良くて、このままなら試合に出られるかもと思っていたのですが、ジュビロ磐田とのサテライトリーグで前十字靭帯を断裂してしまい、ルーキーイヤーが終わりを告げました。

正直に言えばリハビリに対して前向きではない時期もありました。1年目に大怪我をして上手く行く人はごくわずか。これから先のプロ生活を上手くやっていけるか不安が強かったです。

そうした時期に、元日本代表の森岡隆三さん（現・クリアソン新宿フットボールアドバイザー兼クラブリレーションズオフィサー）に可愛がってもらえたのは大きかったです。森岡さんはいろんな物事にアンテナを張っていて、とても多趣味でした。クリエイティブな人で、当時は自分で服を作られていたので、素材の買い付けにも行かせてもらいました。

また当時人気だったロックバンド「ORANGE RANGE」のコンサートにも連れていってもらいましたし、近所の銭湯にもよく一緒行きました。いろんな場所に連れていってもらったのは、サッカーが上手く行かない僕の気晴らしになればと思ってくれていたからかもしれません。今は日本代表のコーチをされている斉藤俊秀さんにも、よくご飯に連れていってもらいました。また、当時よく声を掛けてくれた3歳上の高木純平くんは、現在清水エスパルスの強化部を担当しています。

そうした人との繋がりは今になって意味のある物だと思えますが、当時は目の前のことにただ一生懸命でした。過去は変えられないと言いますが、現在の立ち位置によって過去は変えられます。今は指導者をやれているので、清水エスパルス時代の苦い経験が身になっていると思えますが、今が充実していなかったら「あの時に活躍していれば俺の人生は違っていた」、「怪我がなければすごい選手になっていた」と過去にしがみ付いていたかもしれません。それだけ自分の過去の扱い方は難しいと感じています。

A代表まで駆け上がった1歳下の岡崎慎司

2年目には滝川第二高校（兵庫）から岡崎慎司が加入しました。同じ寮だった彼の部屋にはサッカーゲーム「ウイニングイレブン」の最新作があったので、チームメイトと入り浸っていました、今でも覚えているのは、彼は自分の部屋の壁に「日本代表になる」と書いた紙を貼っていたことです。18歳、19歳にとって夢を口にするのは恥ずかしいことです。しかも、当時、フォワードとしての序列は彼が一番下だったので、「こんな物を張って、恥ずかしくないの?」と言ったら、「絶対、日本代表になりますから」と返ってきました。

歳が近い同じポジションの後輩が入ってきたら、普通は危機感を感じるものですが、彼は技術的にあまり上手くなかったので、絶対に負けることはないと思っていました。でも、プロの水に慣れてからの彼は、目を見張るスピードで上手くなるし、足も速くなっていく。それにサイドバックやボランチなど不慣れなポジションをやらされても全然腐らない。彼は常にポジティブで、何事にも前向きだからこそ、サッカー選手としてのキャリアが好転していった気がします。

その後の彼の活躍は、改めて説明する必要もないかと思いますが、日本代表として世界を舞台に戦った彼には、夢は実現するんだということを教えてもらいました。

僕は2年目が始まる頃には怪我から復帰していたのですが、手術が上手く行かなかったせいか、ずっと左足が痛くて、棒みたいな感覚のままプレーしていました。冬になると痛みが増すので思い通りのプレーが全くできませんでした。消化不良のままプレーしていたので、岡崎慎司のように日々のトレーニングを全力で頑張れずにいました。

わずか2年で途絶えたJリーガーの道

長谷川健太さんが監督だった2005年は、天皇杯で決勝まで勝ち上がりました。その試合に岡崎は先発で出ていたのですが、僕は決勝の前に戦力外通告を受けていました。

伝え方はとても過酷で、紙の左側に前年度の年俸が書いてあって、右側に次年度の年俸として「0円」と書かれているのです。選手としての価値がないと言われたのも同然で、とてもショックでした。その帰り、清水エスパルスの練習場から見える富士山がすごく綺麗だったことを今でも鮮明に覚えています。車から流れるミスターチルドレンの「名もなき詩」がとても胸に響きました。

ゼネラルマネージャーだった故・久米一正さんには「3年は面倒を見る」と言ってくれていて、戦力外通告を受ける前には、当時、九州リーグ所属のロアッソ熊本への完全移籍の話をもらいました。ただ、どうしてもJリーグでプレーしたかったので、当時20歳の僕には地域リーグへの移籍はサッカー選手としてのキャリアを考えた際、遠回りになるように感じたのでお断りしました。

ロアッソ熊本は、戦力外通告を受けてからも声を掛けてくれたものの、再びお断りをして、プロに返り咲くために合同トライアウトを受けました。しかし、どこからも声が掛かりませんでした。

当時の自分を振り返ってみると、物事が上手く行かないとすぐに不貞腐れ、若かったので性格的に尖ってもいました。チームの上層部にとっては可愛げがない選手だったと思います。サッカーの実力的にもそうですが、そういった性格的にも戦力外通告を受けて当然だったと思います。今となっては性格の重要性が分かります。そこは周囲の人たちから可愛がられていた岡崎から学んだ部分かもしれません。当時は同じようになりたくないと思っていた自分もいました。若気の至りですね。

再起をかけた海外移籍

アルビレックス新潟シンガポールに移籍できたのは草津東時代の繋がりです。同級生だった酒井悠基は高校卒業後、アルビレックス新潟に加入したのですが、試合経験を積むために加入から半年ほど経ったタイミングでシンガポールにレンタル移籍していました。酒井から、将来的にアルビレックス新潟に戻れるルートもあると聞いて興味を持ち、トライアウトを受けたら合格しました。

ただ、加入してすぐに肉離れを起こしてしまい、半年ぐらいは満足にプレーできず、日本とシンガポールを行き来していました。ちゃんとプレーしたのは半年ほどでしたが、当時のシンガポールプレミアリーグには中国や韓国などいろんな国のチームが参戦していた時代でした。レベル自体は決して高くなかったのですが、清水時代とは違いコンスタントに出場できていたので、楽しくサッカーができました。

チームは6位（11チーム中）で終わったのですが、僕自身は後期の11試合で5得点を奪えました。改めてサッカーの楽しみが知れた半年間でした。

当時のアルビレックス新潟シンガポールは、サッカーの専門学校、JAPANサッカーカレッジから来た選手が半数を占めていました。彼らはチームが用意した英会話教室に通っていたのですが、僕も英語を学びたくて個人的に見つけたローカルな英会話教室に通っていました。日々の生活も刺激的で、世界観がとても広がりました。当時のチームメイトだった吉澤正悟(アルビレックス新潟などでプレー)は引退してから旅行代理店に勤めていますが、僕が近江高校に携わってからはずっとスカウトを担当してくれています。

当時の監督だった大塚一朗さん(現・モンゴル代表監督)とは今でも交流が続いています。最初は大塚さんの話を一切聞いていなかったのですが、ある試合で判定に抗議するためベンチからペットボトルを投げる姿を見てからは、熱い人だなと思い、心を入れ替えました。シンガポールでは日本人だけで戦う僕らは全ての試合が完全アウェイ。レフェリーの目も厳しく、不利な判定しかされなかったのですが、誰よりも大塚さんが怒ることで選手を守ってくれていました。

指揮官のそうした姿は選手としてはすごく嬉しくて、引退してもし指導者になれたなら、最前線に立ち続ける人でありたいとすごく思いました。結果が出ない時に心の底から自分の責任だと思えるような指導者でありたいと思わせてくれた人でした。

銃で撃たれそうになった時、後ろの人を守るために身を挺して一番前に立って撃たれた方が格好良いじゃないですか。当時は大塚さんに対して、サッカーが詳しい人だと思っていませんでしたが、僕が指導者になってからいろんな話を聞かせてもらうと知識が豊富で会話が途切れない人だとも気付きました。

出会った指導者の全員が今の礎に

大塚さんと同じように影響を受けた指導者の一人が、清水エスパルス時代にトップチームのヘッドコーチ兼サテライトの監督として指導を受けた行徳浩二さん(現・カンボジアU－23代表監督)です。サッカーは上手くならないと面白くないという感覚を教えてくれた人です。実際にプレーしながら、こういう練習をすると上手くなるんだと実感していました。

プロになると次の試合に向けたコンディション調整に充てる時間やフィジカルトレーニングが多くなり、ボールを触る時間は意外と長くありません。しかしながら、行徳さんの練習は実際にボールを使ったメニューが多くて、楽しかったです。どの選手にも分け隔てなく接してくれ、すごくポジティブな印象を持っています。

取材を受ける度に、これまで一番影響を受けた指導者についてよく尋ねられるのですが、なかなか一人に絞ることはできません。直接、指導者としてのいろはを教えて頂いた人もいれば、一緒にプレーしていた選手もいれば、懇親会で出会った指導者もそうです。いろんな人から様々なエッセンスを頂いて、指導者としての今があると感じています。

片道切符で挑んだドイツへの挑戦

Jリーグに戻る前提でシンガポールに行ったので、プレーするのは1年だけと決めていました。ただ、日本に戻って3、4チームほど練習参加に行ったのですが、どこからも色よい返事はもらえず、合同トライアウトを受けてもオファーは届きませんでした。結局、チームが決まらなかったので、年明けの2月に、当時関西リーグに所属していた地元のＦＣ Ｍｉ－Ｏびわこｋｕｓａｔｓｕ（現・レイラック滋賀ＦＣ）に加入しました。

プロ契約ではなく、働きながらプレーしていたので、サッカーだけしていたら出会わない人とたくさん出会えました。慣れない日々の繰り返しで、本当に自分がしたいことは何なのか、自問自答を繰り返したことを覚えています。

21歳でサッカー選手として一番脂が乗っている時期。このまま終わるわけにはいかない、これが最後のチャンスだと思って３か月で退団し、覚悟を決めてドイツに渡りました。

現地ではドイツの３部リーグ、４部リーグのセレクションを受けましたが、どこからも合格がもらえず、決まったのは５部のＦＳＶデレンベルク。ドイツは３部以上のカテゴリーであればサッカーだけで生活できると言われていますが、５部でも待遇には恵まれていました。家を用意してくれただけでなく、語学学校のお金も出してくれましたし、ビザも取れました。

試合に勝つと見に来ていたお爺さんが握手をしてきて、50ユーロを渡してくれたこともありました。クラブハウス近くのレストランでご飯も食べられるので、給料は出なくてもサッカーだけで生活ができました。朝起きてご飯を食べて、ランニングやストレッチをして、夕方からの練習に挑む日々を繰り返していました。

当時のドイツは3―5―2のシステムで、マンツーマンで守備をするチームが主流の中、うちのチームは先進的でドイツでは珍しく4―2―3―1を採用していました。そのスタイルが僕に合っていて、プレシーズンは絶好調でした。3部や4部のチームからも得点が奪えていました。地元の新聞にも大きく取り上げてもらったのですが、いざリーグが始まった瞬間に一切、得点が奪えなくなってしまいました。「お前にはすごく期待していたのに」とサポーターから怒られたのですが、ようやく初ゴールを決めた時にはチップをたくさんもらいました（笑）。

街にしっかりとチームが根付いていて、試合がある週末は街がとても盛り上がります。その日は小学生チームの試合から始まり、中学生、高校生と続いて最後に僕らトップチームの試合というスケジュール。全てが終わるとサポーターも一緒になって、バルで朝まで飲んでいました。

すごく充実した日々を過ごしていましたが、ステップアップを求め、シーズン途中の冬に退団を決めました。それでも、デレンベルクの人たちは優しくて、「いつでも帰ってこい」と言って、家もそのまま置いてくれていたことが嬉しかったです。

冬に移籍ウィンドウが開くので、ドイツの上位カテゴリーに再チャレンジしたのですが、どこにも決まりませんでした。エージェントに付いてもらい、瀬戸貴幸（現・ペトロルル・プロイェシュティ／ルーマニア）がいたルーマニアのＡＦＣアストラ・ジュルジュで練習をしながら、２部のチームを回って練習参加していたのですが、なかなか受からない。それに東欧の冬はとても寒くて、街の雰囲気もどこか暗いんです。食事も硬いパンとスープだけ。社会情勢も良くなくて、街を気軽に歩くことすらできなかったので、気持ちが落ち込んでいく一方でした。

何事も人生勉強だと思える今のメンタリティーなら、それでも前向きな姿勢を保ててサッカーが上手く行ったかもしれませんが、当時の僕はある意味真面目で非日常を楽しめる余裕がありませんでした。精神的に安定しないとプレーも上手く行かないものので、最後に練習参加したチームで、膝を怪我した時は〝これでサッカーを辞めることができる〟とホッとしたのを覚えています。

ドイツで荷物をまとめて帰国することにしたのですが、なぜかすぐに日本には帰りたくありませんでした。かといって、ドイツにもいたくない。どこか現実逃避したかったんだと思います。

片道切符はフィンエアーが一番安かったのでフランクフルトから飛行機でフィンランドに移動し、チケットをストックオーバーしてヘルシンキに１週間以上滞在して、ひたすらお酒を飲んでいました。フィンランドは北欧の中でも特に寒い地域なので、お酒を飲む人が多い。ある時バーで飲んでいたら、一人のお爺さんに話しかけられ、「お前はサッカー選手としてずっと体を使っていたのだから、次は頭を使え」と言われました。その言葉があったから大学進学を選んだわけではないのですが、今思えば先の人生に繋がっていくので面白いですよね。

人生をリセットするために選んだ大学進学

日本に帰国してからはずっと実家に籠っていました。次は何をしようかと考える気力すらありませんでした。高校を卒業してからの4年間はずっと苦しい思いをしていたので、原因となっていたサッカーを嫌いになっていた時期だった気がします。

一方で、現役引退を決めた時は開放感がありました。ちょうど同級生たちが大学を卒業して働きだしたころで、今までは彼らよりも稼いでいたので奢っていましたが、逆に無職の僕が奢ってもらう機会が増えました。同級生たちとお酒を飲みながら、どうでもいいような話で盛り上がる時間を過ごしたおかげで、前向きな気持ちを取り戻せました。

ないものねだりかもしれませんが、フラットになる時間はすごく大事。自分を見つめ直すためにも、何者でもない時間を作らないといけない気がします。

少しずつ気力が湧きだしてからは、いろんな人に会って今後について相談に乗ってもらいました。漠然と大学に行きたいと思っていたのですが、進学をするにしても何を学ぶのかを決めなければいけません。すでに23歳だったので、ただ大学に通えばOKという年齢ではありません。自分がどんな分野に興味があるのかを知るために、ジャンルを問わず様々な本も読みました。

そうした中でたどり着いた答えが社会起業でした。社会的な課題に対して、いかにビジネスという手法で解決するかを勉強したいと思ったのです。この分野なら、これまでの経験を生かすことができて、勉強のしがいがあるとも思いました。それに加えて、自分が何に喜びを感じるのかと考えた際、自分を犠牲にしてでも他人の幸福を願う利他心が人よりも強いと感じたことも決め手になりました。

日本で暮らしていると目にすることはありませんが、海外では道端などで物乞いをよく見かけます。

またマレーシアで吉澤と海に行った時の光景も鮮明に覚えています。イスラム教徒の女性は外出する際、他人に肌を見られないように頭からチャドルという布を被ります。彼女たちは海でも被っていました。見慣れない光景でしたが、なぜそうした境遇を強いられているか、そこまで考えることもありませんでした。

当時は社会起業に対して深い考えがあったわけではありませんが、様々な物事が後の人生に繋がっている気がします。アップルの共同創業者であるスティーブ・ジョブズは、「その時々に打っていた点が、最後は線に繋がっていく」という言葉を残していますが、まさにその通りだと思います。

社会起業を学べる学部を探した結果、関西学院大学と慶應義塾大学に狙いを定めました。受験することを決めてからは大阪・梅田の予備校に通いました。僕は社会人を経てからの受験なので、現役の受験生と同じように勉強しても仕方がありません。社会人の経験を生かしながら、英語と小論文に絞って受験しようと思っていました。

一番行きたかったのは慶應の総合政策学部でしたが、面接試験で「合格したらサッカー部に入りなさい」と面接官に言われました。僕の中では現役生活を終えていたので断ったら落ちてしまいました。もしかしたらサッカー部に入ると言っていれば、合格できたかもしれませんが、人生をリセットするために大学に行こうと決めたので、自分に嘘を付いてまで行きたくはありませんでした。サッカーを第一に考えていたJリーガー時代の感覚があれば、どういった答えを求められているか分かるので了承していた気もします。

人生に影響を及ぼしたタイでの出会い

関西学院への入学が決まってからは、中学時代に神照FCでお世話になった力石隆治さんが代表を務める長浜市のフォスタFCで指導の手伝いをさせてもらいました。現役を引退したばかりで身体が動くので教えるというよりは、一緒になってボールを蹴っていたので、子どもたちにとってはサッカーが上手いお兄ちゃんという感覚だったと思います。

当時は指導に関して、それほど興味があったわけではありませんでしたが、毎日子どもたちと接するのはすごく面白かったです。それ以降は小学生から大学生まで様々な年代の選手を指導してきましたが、それぞれの年代によって難しさや魅力はあると思います。

入学するまでの期間を利用して、約2か月の間、東南アジアでバックパッカー生活を送りました。シンガポールでお世話になった人たちに現状報告をしてから、憧れていた作家の沢木耕太郎さんが歩んだルートを真似て、マレーシア、タイを旅しました。タイでは孤児院に連れて行ってもらったのですが、この時の経験が後の人生に大きく影響しました。

プーケットを旅していた時、当時流行っていたSNSサイト「MIXI」への書き込みやメールをチェックしたかったのですが、日本語が打てるネットカフェは限られています。何とか見つけて入店したら、隣で坊主頭の女性が日本語のメールを打っていたのです。気になって「日本人ですか？　何をしているんですか？」と尋ねると、「今からミャンマーとの国境にある孤児院へボランティアに行く」と返ってきました。詳しく話を聞くと、川を渡れば、すぐそこはミャンマーという国境地域にある孤児院とのこと。興味が湧いたので、「一緒についていって良いですか」とお願いして、数日後にはバンコクのカオサンロードで待ち合わせをして、バスで8時間ぐらいかけてミャンマーとの国境にある孤児院へと向かいました。

そこはタイとはいえ、買い物をしようとタイの通貨であるバーツを出しても使えないぐらいミャンマーが身近にある地域でした。ミャンマーの内戦から逃れてきた少数民族の子どもたちやタイで捨てられた子どもたちが生活しているとのことでした。

語弊があるかもしれませんが、自分が知らない世界に行くのはワクワクするし、ドキドキもします。いったいどんなところで、どんな子どもたちが生活しているんだろう？って。

現地に着いてまず目に飛び込んできたのが、サッカーをしている子どもたちの姿でした。楽しそうにプレーする彼らと一緒にボールを蹴りました。タイでは「お兄ちゃん」を「ピピ」と呼ぶのですが、「ピピタカ」と呼んでみんなが懐いてくれました。

サッカーと言っても正規のグラウンドはなく、石ころだらけの原っぱでボールを蹴って、木に当てたらゴールという感じでした。手加減せずにプレーしていると「ピピタカ、サッカー上手いじゃん」と言ってくれるのが嬉しかったです。

石ころだらけの土の上でも彼らはみんな裸足。僕にとって足は商売道具だったのですが、怪我を気にせず一緒になって裸足でボールを追いかけていた時、なんだか自由になれた気がしました。現役を辞めた時はサッカーを嫌いになっていたのですが、もう1度好きになれた気がしました。やっぱりサッカーって面白いなって。

よく言われる「サッカーは国境を超える」という言葉は、頭で理解はできても、実際にやってみないと本当の意味は分かりません。彼らとのサッカーを通じて救われたと言いますか、もう一度サッカーと向き合おうと思えました。

3週間ほど孤児院で生活を共にし、彼らの純粋さに心を打たれただけでなく、多くのことを学べました。彼らはみなとても辛い経験をしてきたはずですが、とにかく明るいし、人懐っこいので、ついそんなことは忘れてしまいそうになります。でも、時折見せる寂しい顔が印象的でもありました。彼らは一人で生きていかなければいけないと分かっているので、簡単に大人を頼ろうとしません。そんな姿を間近で見て、大人に守られ、サポートを受けている日本の子どもと比べてしまう自分がいました。

そこからバンコクに戻り、ラオス、ベトナムに寄って帰国しました。ラオスではメコン川沿いにあるデッド島に行ったのですが、当時は電気が通っていませんでした。人々はみな自給自足の長閑な生活を送っていました。ベトナムは商魂逞しい人が多かったのが印象的でした。様々な人の暮らしを目の当たりにして、これから大学で学ぶことに対してのモチベーションが上がりました。

起業の一環として始めた指導者のキャリア

いざ大学に入学すると生活のために稼がなければいけません。授業がない時間帯に一番稼げる職業を考えた際、思い浮かんだのがサッカー指導者でした。

大学のある兵庫県西宮市で少年サッカーのチームを探し、見つけたのが西宮SSというチームでした。早速、連絡をしたら会長の杉田隆正さんが会ってくださり、コーチとしての採用が決まりました。受け持ったのは立ち上がったばかりのジュニアユース。ジュニアには当時、小学生だった堂安律（SCフライブルク／ドイツ）がいて、「すごい選手がいる」と指導者の間でも話題になっていました。

一緒に中学生を指導していたのは谷元希（現・西宮タイガース代表）のほかに、今はフットボールライフミュートスという中学生年代のチームで指導している早野陽くんと茶圓仁大くんなど面白いメンバーばかりでした。サッカーが終わったらいつも朝まで飲んで、そのまま寝ないで学校に向かっていました。

当時の指導は選手と一緒になってボールを追いかけることがメインで、どうやって対面する選手を翻弄させるかを、選手に身を持って教えていました。いわゆる世間一般の指導者ではなく、〝上手い〟とはどんなプレーなのかを実際にお手本を見せながら教える近所のお兄ちゃんといった感覚でしょうか。

プロサッカー選手としての経験によって、手に職がなければいけないとの意識が強かったので、大学に入学してからは英語、公民、保健体育の3教科で教員の免許を取りましたが、授業が楽しかったのでいくら眠くても欠席しませんでした。高校を卒業してから様々な経験をさせてもらい、知識に飢えていたんでしょうね。サッカーしかやっていなかったという負い目もどこかに感じていた気がします。

大学では学科関係なく取れる限りの授業を受けていました。経済学部の授業も受けましたし、英語の免許を取るために英米文学も学びました。様々な知識を得る中で、起業に関心があるからといって、起業だけを追求していてもきっと上手くはいかない。社会的に意義があっても継続性がなければいけないし、起業に大事なビジョンはピュアで人を引き付ける魅力がなければいけないと朧気(おぼろげ)ながらに感じました。これまで知らなかった知識をたくさん吸収できたのですごく楽しかったです。

大学時代は指導していた西宮SSから指導料をもらっていただけでなく、夜はバーでも働いていました。2年生の夏以降は社会起業を勉強しているからには、一度自分で起業しなければいけないと感じ、「前田塾」という名のサッカースクールも立ち上げました。

体育館を借りて、3年生と4年生の部、5年生と6年生の部に分かれての開催で、楽しくさせる、上手くさせるというよりはトレーニングの間はとにかく夢中にさせようと思っていました。1回のトレーニングでなるべくたくさんボールに触れるように待ち時間は作らない。そうした方針で教えていたら、開催するたびに口コミで噂が広がって最終的には100人近くの子どもが参加してくれました。参加してくれた子どもの中には、その後近江高校に入学してくれた子もいました。

社会問題と向き合った西成での日々

そうして作った資金を利用して、長期休みの度にバックパッカーとして出かけていました。大学2年生の夏休みにはバンコク経由で孤児院に寄ってから、カルカッタまでの往復チケットを買って、インドを旅しました。マザー・テレサによって設立された「死を待つ人の家」と呼ばれる施設でボランティア活動をしたのも良い思い出です。ガンジス川に飛び込んだら腸チフスに感染し、帰国後に隔離もされました。そんなインドで出会った人に「日本にもすごい貧困街があるぞ」と教えてもらったのが大阪の西成でした。

帰国してすぐ西成に足を運んだのですが、そこには僕が知らなかった世界が広がっていました。日本は世間的に良くない物を隠そうとするし、欲望もカモフラージュしようとしますが、西成の人たちは自然体で、住みたい場所に住むし、生きたいように生きている感じです。いわば人としてあるべき姿で毎日を過ごしている。

貧困ビジネスを目の当たりにもしました。ホームレスの人たちを福祉施設に入れて、管

インドを旅した際にはマザー・テレサが設立した施設でボランティア活動をしたのも良い思い出です

理する代わりに生活保護費を受け取る。ホームレスの人たちにとって、毎日畳の上で寝られることは幸せかもしれませんが、同時に生きるパワーを奪っていく気がしました。福祉施設では楽しみだったお酒を飲む機会も減らされ、路上生活の方が幸せではないかと考えさせられました。

西成のことをもっと知りたいと思って、近くの簡易宿泊所に泊まり、児童養護施設でアルバイトをしました。西成に住む人たちはどうしても低所得者が多く、夜の仕事に従事する人も少なくありません。児童養護施設には、親が面倒を見られない時間に預かる子どもだけでなく、育てられなくなった親に見捨てられた子どもも数多くいました。日本ではみんなが隠そうとする貧困問題ですが、西成では現実問題として多くの人が直面していました。

関西学院でヘッドコーチをしていた最後の年には、外国人のバックパッカーが泊まる西成のホテルで夜勤をしていました。4月上旬、夜勤を終えて一杯飲んでから梅田で阪急電車に乗り換えて西宮に帰宅するのですが、スーツを着た新入生とすれ違う機会がよくありました。彼らの初々しい姿を見ると社会とずれてきたなと複雑な気持ちになったのを覚えています。

ホームレス日本代表の監督に就任

西成で出会ったのが、ホームレスや生活困窮者の社会的自立を支援する雑誌「ビッグイシュー」に携わる人たちでした。雑誌の売り上げの半分が路上販売者の収入になる取り組みで、社会起業の授業で活動について教わっていました。西成で活動するうちに取り組みを行なう会社の人たちと出会い、サッカーを通じた支援活動をしていると知りました。

炊き出しと同じで、練習に参加してくれた人におにぎりを配る。そうすることで社会との接点が生まれます。また、サッカーを通じて人との関わりや生きがいが生まれ、ホームレス生活から脱することを目的としていました。最終的には日本代表としてイタリアで行なわれるホームレスワールドカップに出場するためにパスポートを作り、社会復帰に繋げてもらうことを目的とした活動でした。

サッカー経験者である僕がコーチをすることになったのですが、参加してくれた人は様々な経験をされてきた方ばかり。彼らは僕が想像できないような体験をし、いろいろな物を失った結果、西成にたどり着いたのです。パスポートを取得しようにも戸籍がなかったり、住民票がどこにあるか分からない人も多く、活動を行なっていた方々はとても苦労されていたと思います。僕自身、これまで指導してきた学生とはまるで違うので、最初はどう接していいのか戸惑いました。サッカーに夢中にさせることが簡単ではありませんでした。サッカー経験者もほんの一握りだったので、指導するのではなく同じ目線に立ってアドバイスするよう心掛けました。

ワールドカップを通して世界のホームレス事情を知ることもできました。ヨーロッパでは路上生活を送るのは若年層が大半で、高齢者がほとんどなのは日本だけらしいのです。ワールドカップを通じて、実力が認められ、サッカークラブとプロ契約を結ぶ選手もいるそうです。ただ、僕がヨーロッパに行った際は年配のホームレスも見かけたので、もしかしたら社会復帰を望んでいるホームレスが若年層にしかいないだけなのかもしれません。

東京と大阪で活動していた2チームから選抜したメンバーでワールドカップに挑みました。選手は30代から50代がメイン、経験者や若い選手も多い海外勢には歯が立つわけもなく、全敗で大会を終えました。ただ、大会後メンバーの一人から「日本に帰ったら人を支える立場になりたい」と言ってもらえて、改めて素晴らしい活動だと思いました。

選手たちのここに至るまでの境遇を聞かせてもらうと、一個のボタンの掛け違いで、誰もがホームレスになってしまうかもしれないと感じました。傍から見るとどこかで食い止めることができなかったのかと思うかもしれませんが、そこにはメンタル的な問題が含んでいるのです。

日本では選ばなければ仕事に困りませんし、普通に日常生活が送れる社会だと思います。ただし、メンタル的な問題を抱えてしまうと、仕事をすることすら難しくなってしまいます。メンタルに問題を抱えた状態で努力しろと言われても、難しいじゃないですか。それを弱者のように扱うのは間違っている気がしました。みんなが同じ生活を送らなければいけない同調圧力にも違和感を覚えます。

タイの孤児院にサッカー場を建設

大学2年生で始めたのが、タイの孤児院にサッカー場を作るプロジェクトです。彼らに救ってもらえたので恩返しがしたいという思いから始めました。日本に帰ってきてから孤児院の人からはたびたび「タカはいつ帰ってくるの？　子どもたちが待っているよ」と連絡をもらっていました。

そうは言っても頻繁には行けないので、何か形として残せないかと考えたのがサッカー場の建設でした。

どうすれば実現できるのか、そのプランを大学の授業で発表したら、学校から評価され、助成金をもらえました。

ただ、それだけでは足りないので、当時、高校時代に国体でチームメイトだった早崎義晃がサッカー部のヘッドコーチをしていたので、一緒にチャリティーイベントを開催したりしました。そこではタイの孤児院で作られた服や小物などオーガニック製品をフェアトレード商品として販売しました。

そんなことを一生懸命やっている、ちょっと変わった生徒だったため、いろんな教授に可愛がってもらえました。選手権で準優勝した際には、当時の教授が連絡をくださり、今でも覚えていてくれているんだと嬉しくなりました。

ある程度の資金を貯め、夏休みにタイへと向かったのですが、孤児院へ行く前に知人の紹介で社会活動に関心のあるタイの事業家とバンコクで会いました。サッカー場を建てようとしてもサッカーゴールを買う以上に、孤児院のあるミャンマーとの国境まで運ぶ費用の方が高額になります。また、当時のタイは外国人が土地を買うには法律上の手続きがややこしくて、基本的にはタイ人しか土地は買えなかったんです。

そうした事情と共に子どもたちのために何とかしてサッカー場を作りたいという熱意を話したら、その方の心に響いたのか、僕に代わって土地を買ってくれ、サッカーゴールを輸送する手続きまでしてくれました。サッカー場とはいっても、スタンドはなく、ゴールだけがあるグラウンドでしたが、出来たばかりのグラウンドで一緒にボールを蹴った時に見せてくれた子どもたちの笑顔は今でも忘れません。

学生コーチとしてスタートした指導者生活

大学4年生になると早崎が、母校である比叡山高校の監督に就任するため、ヘッドコーチを辞めることになりました。後任として僕を薦めてくれたのですが、当時ドレッドヘアーだった僕に大学サッカーの指導者なんて務まるわけがありません。ただ、当

時監督だった成山一郎さん（現・クリアソン新宿コーチ）と宝塚の喫茶店で話をして

いるうちになんとなくやることになってしまいました。

当時は大学4年間で様々な経験をして、それなりに知識を得ましたが、結局自分は何がしたいのだろうと悩んでもいました。社会的起業がしたいのかと言われればそうではないし、サッカーがしたいかと言われればそうでもない。かといって、教員免許を取ったとはいえ、学校の先生がやりたいわけでもありませんでした。

今考えると失礼な話ですが、せっかく頂いた話だからやってみるかという軽い気持ちでコーチを引き受けただけで、特別な考えがあったわけではありませんでした。

関西学院ではBチームの指導とAチームのサポートからのスタートでしたが、全く思い通りに行かなくて初日で頭を抱えました。ドレッドヘアーのまま指導に行ったのですが、心を入れ替えるため、部活の帰りにそのまま髪を切りに行きました。決して切りなさいと言わなかった成山さんの器の大きさを感じたことを覚えています。

関西学院の選手は当たり前ですが、とにかく上手い。これまで小学生や中学生を教えていた自分がこのまま指導するのは無理だと思い、サッカーの勉強をしなければいけないと痛感しました。そこからはたくさんサッカーを見るようになりました。Jリーグの試合を見るだけでなく、空き時間があれば練習も見に行きました。テレビでも海外の試合をたくさん見ましたし、指導者の本を片っ端から読み漁りました。

当時、4年生には井林章（現・鹿児島ユナイテッドFC）、下級生には福森直也（現・FC今治）もいました。選手は揃っていましたが、前期はなかなか勝てず降格圏内にいて、成山さんも悩んでいたので学校近くの焼鳥屋でよく飲みながらミーティングをしていたのを覚えています。

4年生にとっては大学サッカー最後の一年。せっかくコーチをやらせてもらったからには彼らのためにも頑張ろうと思っていました。コーチが真面目な早崎からいい加減な僕になり、選手たちにもきっと不安があったはずです。このまま結果も残せずダサいままで終わりたくない。とにかく選手を勝たせたい一心で、懸命に指導していました。

ピュアですごく勉強熱心な成山さんの下で指導を学べた経験も大きかったです。良い意味で他の人とは違うメンタルを持たれていて、気持ちが揺らぎそうな場面でも全く動じることはありませんでした。監督は肝が据わっていなければいけないと成山さんの立ち振る舞いから学びました。

指導を始めた年に入学してきたのが呉屋大翔（現・ジェフユナイテッド市原・千葉）、小林成豪（現・レノファ山口FC）、井筒陸也（元・徳島ヴォルティス）たち。4年生の頃に全日本大学サッカー選手権大会（インカレ）での初優勝を含め、4冠を果たした代の選手たちです。呉屋と成豪はピッチ外ではずっとふざけていましたが、いざ練習になると誰よりも遅くまでピッチに残ってボールを蹴っているサッカー小僧でした。彼らの代は大分トリニータU－18出身の森信太朗など個性的で能力もある選手が揃っていました。Aチームの試合には絡んでいなかったのですが、広島観音高校出身の鉄田悠貴は人間的にとても良い奴で、近江高校が広島で試合があった際は応援に来てくれました。選手権でクラウドファンディングを行なった際も、当時の選手がたくさん協力してくれました。

コーチ初年度に3年生だった野洲高校出身の卯田堅悟は、同僚に「息子が近江のサッカー部に行きたいって言っているのですが、どう思います？　関西学院で前田監督に教わっていましたよね？」と聞かれて、「あの人は厳しい人ですけど、勝たせる人です」と答えて背中を押してくれたそうです。

いろいろな場面で教え子たちに助けられているので、関西学院で指導して本当に良かったです。

コーチに就任した初年度の２０１２年は後期から呉屋や小林の出場機会が増えた結果、インカレには出場できなかったものの、4位でシーズンを終えることができました。僕自身、指導者としてのキャリアをどう歩んでいくかは見えていませんでしたが、サッカーという競技に夢中になっていました。入学した際に抱いていた安定志向という考えはすっかり忘れていました。こうして、大学卒業後の2年間は自らのサッカースクールを運営しながら、ヘッドコーチという立場を続けていくことになります。

元日本代表監督の加茂周さんも総監督という肩書でサッカー部に携われていて、リーグ戦が終わったら毎回、お好み焼きをごちそうしてくれました。その時にボソッと教えてくださる言葉がとても勉強になりました。

当時、印象に残っているのは「前田は今、何歳だ?」と聞かれた際のやり取りです。「28歳です」と答えたら、「羨ましいな。俺もその頃にもう一度戻れたらもっと面白いことができるのに」と言われました。

サッカー指導者として輝かしいキャリアを残してきた方なのに、人生をいつでもリセットして、またゼロから始める覚悟のようなものを加茂さんの言葉からその時感じて、すごく格好良く思えました。そうした志の人でしか、日本代表監督というプレッシャーがかかる座にたどり着けないのかなと思いました。

Jリーグの舞台に飛び立った教え子たち

コーチ2年目の2013年にゴールマウスを守っていたのは、4年生の一森純。今やガンバ大阪の正GKとしても活躍中の彼は絶対に諦めない男で、逆境でも努力を怠らない姿勢を常に見せてくれ、多くのことを学ばせてもらいました。

2012年シーズンは東海大大阪仰星高校（大阪）出身の村下将梧がAチームでレギュラーの座を掴み、一森はBチームにいました。2つ年下の1年生にレギュラーを奪われ、普通だったら不貞腐れてもおかしくないシチュエーションですが、彼は絶対に腐らないし、物事を論理的に考えることができる選手でした。試合になれば本能的なプレーもできるため、一森を高く評価していた僕は「ゴールキーパーの勉強がしたいから、いろいろ教えて」と声を掛けて、キーパーコーチとしての勉強をしました。

この年は呉屋大翔が2年生ながら関西学生サッカーリーグで24得点をたたき出し、初めて得点王に輝いた年でもありました。彼はサッカー選手にとって大事な、人としてのバイタリティーに加え、点を取る形を持っている選手です。流通経済大学付属柏高校（千葉）ではAチームでの出場機会が少なく、試合に飢えていたようにも見えました。

僕らは練習からずっとプレーを見ているので、クロスボールに対して呉屋をどこに置けば得点が奪えるか分かっていました。その呉屋の特徴を一番理解していたのがヴィッセル神戸U－15時代にチームメイトだった小林成豪でした。二人の連携からたくさんのゴールが生まれました。1歳上で名古屋グランパスU－18出身の小幡元輝もまた呉屋の形を分かっていた気がします。みんなが呉屋を分かり始めてからゴールが増え、チームも安定して勝てるようになっていきました。

近江が選手権で準優勝した２０２３年度は、キャプテンの金山耀太がディフェンスラインから仕掛けるドリブルが目立っていましたが、彼が活躍できたのも周囲のサポートがあったからです。

卒業後、金山は関西学院大に進んだのですが、先日会った時に「高校時代はいかに周りに助けられていたか分かりました」と口にしていました。失点しないように金山が上がっていたスペースはボランチが埋めていましたし、攻撃陣も金山が仕掛けやすいようにスペースを作ってくれていました。そうした土台の上でプレーしていたから、力が発揮できていたのです。

呉屋も同じで彼がどう感じていたかは分かりませんが、大学時代は周囲のお膳立てによって点が取れていました。一人だけでは点が取れないと気付いた時に、周囲とのコミュニケーションの取り方が変わります。

鹿島アントラーズで活躍された元日本代表の田代有三さんと話す機会があった際に「どうやって点を取っていたのですか?」と訊ねたのですが、「ワンタッチゴールしかできないから、どこにどんなタイミングで出して欲しいかをチームメイトにすごく要求していた」とおっしゃっていました。

サッカーはチームスポーツなので、チームメイトとのコミュニケーションが何よりも大事です。それによって自分の能力を最大限に輝かせることができます。そうしたことに気付く頭の良さも必要と言えるでしょう。

いつまでも野性的なプレーだけだと自分を輝かせるためのからくりに気付けません。そこはまさに自分に足りなかった部分です。早いうちに気付けた金山は偉いと思います。これから金山が周りと上手くコミュニケーションを取りながら、周りと協調し、考え方の幅を広げていってくれると嬉しいです。

手が届かなかった日本一

関西学院大学での最後の年となった2014年は、必ず日本一になれると思っていました。キャプテンの福森直也だけでなく、呉屋や小林など前年から試合に出ている下級生が多く、チームとして経験値も積んでいました。Bチームで見ていた選手も優秀だったので、上手く融合すれば絶対に負けないだろうと考えていました。実際、インカレでも順調に勝ち上がって決勝まで進んだのですが、流通経済大学に0－1で敗れてしまいました。

僕が指揮を執っていたBチームもIリーグというセカンドチームのカテゴリーで全国大会に出場したのですが、決勝で国士舘大学に3－4で敗れ、Aチームと同じく準優勝。日本一になる難しさを痛感した1年間でした。

僕が見ていた頃の関西学院は血気盛んな選手が多く、指導していてただただ楽しかったです。就任1年目に4年生だった大阪桐蔭高校出身の福原翔太は実力がありながらも、とても生意気な選手だったのでBチームで燻ぶっていました。何度も喧嘩をしましたが、監督の成山さんがA級ライセンスを取りに行くためにチームを離れることになり、僕がAチームを見ることになりました。そのタイミングで福原をAチームに上げたら、みるみる良くなっていきました。

福原もきっと〝ここがチャンスだ〟と思って頑張ったんだと思います。彼以外にも意見をぶつけてくる選手もいましたが、そうした選手を可愛がっていました。僕は手がかかる選手の方が魅力を感じます。自分自身も高校生の頃は彼らと比べ物にならないぐらい生意気でしたので。

そのまま関西学院で指導を続けても良かったのですが、指導者として本当にやっていけるのか試したいという感情が強くなっていました。関西学院は大学としての知名度があり、またサッカー部の歴史もあるので全国各地から能力の高い選手が集まってきます。そのため自分が指導しなくても、毎年強いチームが出来上がります。

果たしてこのチームに自分は必要なんだろうか？　それだったらゼロからチームを立ち上げて、自分がどれだけできるかを試してみたいと思うようになりました。ヘッドコーチを辞めないと他から話が来ないと思っていたので、4年目のシーズンを過ごしながらオファーを待つのも筋が違うと考えていました。

結果的には僕がチームを離れた翌年に関西学院はインカレで初優勝を飾るなど4冠

を達成しましたが、辞めたことに対する後悔はありません。辞めさせられていたらまた違った感情が芽生えていたかもしれませんが、自らが下した決断だったので、自分も頑張らなければいけないと、逆に勇気をもらいました。

関西学院を指導した3年間で再びサッカーが好きになれましたし、選手からたくさんのことを学べた日々でした。周りの人にも恵まれ、今でも付き合いのある方ばかりです。世間的に言えば人脈という表現をするかしれませんが、そうした言葉で言い表せないぐらいの物を頂いた気がします。当時、出会った人たちが近江の1期生を受け入れてくれたことも大きかったです。

近江から監督オファーの話をもらったのは、インカレを終えてからギリシャとトルコへの旅行に出かけたタイミングでした。地元の知人が、僕が無職になったことを聞きつけて、「近江高校がサッカー部の監督を探しているらしいので、帰国したら校長と話をしてみないか」と電話をくれたのです。

僕が高校生だった頃の近江は、今とは違い学校が荒れていてあまり良いイメージがありませんでした。サッカー部としての歴史など何もないし、部員も少ない。もちろん専用のグラウンドなどもありません。ただ、まっさらな状態だったことが何よりも魅力でした。自分が生まれた滋賀の湖北地域の学校でもあったので、自らの力を試すには最適だと考えました。

一方で近江高校としては、サッカー部の監督を探していたものの強化するつもりはなかったと思います。それでも、校長と会って「僕は地元の湖北にサッカーが強い学校がなかったから高校は草津東に行ったので、これまで自分が携わってきたサッカーというツールで、この地域を盛り上げる活動がしたい」と話をさせてもらうと、その考えに賛同してもらえました。

近江で監督をすることは周りのサッカー関係者には相談しませんでした。サッカー界では全くの無名でしたので、「そんなところに行って大丈夫か？」と心配されると思ったので一人で決めました。

3

チームスローガンは「Be Pirates」

OHMI FOOTBALL CLUB
Boys Be Pirates!

部員4人からのスタート

近江高校サッカー部の監督に就任したのは2015年4月。当時、サッカー部には13人ほど選手がいたのですが、ほとんどが国公立大学や難関私学への進学を目指すアカデミーコースの生徒でした。アカデミーコースは他のコースより授業時間が長いため、なかなか練習に顔を出せません。2人ほどいたアカデミーコースではない生徒はアルバイトに精を出していたため、平日の練習にちゃんと来る生徒はいつも4人ほど。彼らは翌年以降も僕が声を掛けた新入生ばかりのサッカー部に残ってくれました。

そのうちの一人、ゴールキーパーの吉田舜輝は大学に進学してからもコーチとして戻ってくれました。就職してからも、試合映像を編集するなどチームをサポートしてくれています。他の選手も就職した際に連絡をくれたり、従兄弟を練習参加に連れてきてくれたり、今でも交流が続いているのは嬉しい限りです。

ただ、就任初年度は選手集めがメインで、指導はほとんどしていません。元からいた選手はきっと、ただ単純にサッカーを楽しみたいから在籍していたんだと思います。そんな彼らにとって、サッカー部が強化指定クラブになったことが果たして良いことなのか分からなかったからです。僕が前面に出るのではなく、今まで通り彼らがサッカーを楽しめる場所を用意したいと考えていました。

指導こそしなかったのですが、中学生の練習視察の予定がない平日はグラウンドに出て、一緒にボールを蹴っていたのを覚えています。人数的にゲーム形式の練習ができないので、ボール回しのメニューによくフリーマンとして加わっていました。

強化指定クラブになったからといって、彼らを絶対に除外してはいけないとも考えていたので、2年目も彼らのことはすごく気にかけていました。翌年に入ってきた強化1期生の選手と彼らへの接し方は全く違います。力関係的にどうしても下のカテゴリーに在籍することになったため、意識的に会話量を増やしていました。強化1期生の選手にもサッカー部に残る決心をした先輩のすごさに気付いて欲しかったので、「逆の立場ならお前たちにできるか？　格好良い生き方じゃない？」という言い方をよくしていました。

GK土屋ヒロユキは、とにかくサッカーが好きで日々努力を重ね、みるみる成長した結果、2年目から守護神の座を掴んだ

隠れた才能を探した就任1年目

就任1年目は本格始動するにあたり、選手を集めるためにスカウティングに奔走したのですが、面識があるのは中学時代に縁があった湖北地域のチームや西宮SS時代に知り合った指導者ぐらい。それなので、紹介していただいたチームに足を運ぶだけでなく、飛び込みでいろんなチームの練習や試合を見に行きました。

中学年代で名の知れたチームに行っても、いい選手は強豪校との取り合いになり、歴史のない近江には来てくれません。それなので視察に行くのは知る人ぞ知るチームや中体連の学校ばかりでした。そうしたチームの指導者と仲良くなるためにたくさん飲みにも行きました。あの時に使った飲み代は相当な額だったと思います。そのような繋がりによって強化初年度ながら地元の選手だけでなく、幅広い地域からたくさんの選手が来てくれました。多くの人に助けられた船出でした。

ゴールキーパーとして活躍してくれた土屋ヒロユキは長浜市立北中学出身。近江八幡市立八幡東中学との試合で見せたシュートストップに魅力を感じてスカウトしました。入学初年度はBチームでしたが、とてもサッカーが好きな選手でみるみる成長した結果、2年目から守護神の座を掴みました。

選手を獲得する際にイメージしていたのは関西学院大学時代に指導した呉屋大翔。彼はとにかくサッカーが大好きなサッカー小僧。プレーは本能的で、人間としてのパワーを持っていました。同時に周囲の人を巻き込んでいく魅力も兼ね添えていました。

呉屋は悔しいと感じたら、プレーや行動で表現する選手でした。入学した当初は上手く行かないとイライラしてチームメイトを削り、成山一郎監督（当時）によく怒られていましたが、僕は彼の素直に感情を爆発させる姿に好感を抱いていました。決して良い方法ではありませんが、表現の仕方が悪いだけで自分の感情を表そうとはしている。その表現の仕方が上手く行けば、選手として大きく成長するのではと感じていたのです。

反対にいくらサッカーが上手くても感情をピッチの上で表現できなければ、決して良い選手とは言えません。サッカー選手としての爪痕を残すために自分を出そうとしないのか、出し方を分からないのかは似ているようで大きな違いだと思います。悔しさはサッカーで返せば良い。その表現の仕方を上手く導くことができれば、良い選手になっていくと呉屋に気付かされました。

土屋もピッチで自分を出そうとする選手です。シュート練習によく付き合っていたのですが、僕のキックを止めると嬉しくて喜びを爆発させていました。あまりにも喜ぶので、僕に怒られるのではとチームメイトたちが心配するほどでした。プレーは決して上手いとは言えませんでしたが、そうした彼のキャラクターに魅力を感じる人は多く、呉屋と同じで周囲を巻き込む力を持っていました。

選手を視察する際は呉屋や土屋のように人としてのパワーを持った選手を探していますが、入学してみないと実際はどんなキャラクターなのかは分かりません。少しでも確率を高めるため、お山の大将タイプならパワーを持っているに違いないと考え、中体連やどんな弱いチームであってもピッチで一番目立っていて、ギラギラした選手に声を掛けました。

そうした話をすると「パワーを持った選手をまとめるのは大変ではないですか？」とよく聞かれるのですが、無理にまとめなくて良いと思うのです。選手がはみ出さないある程度の枠を作れば良いだけで、その枠を作り出すのは監督次第。僕自身はお山の大将を受け入れられる度量が試されていると思っていたので、相当な勝負だと思っていました。ただ、監督に就任した当初、僕自身の枠は今と違ってかなり小さかった気がします。近江高校に来ていろんな選手に触れることでだんだんと大きくなったと感じています。選手たちに指導者として育てられたと言うべきでしょうか。

70人もの部員が加入した2年目

近江高校に就任した当初はとにかく必死で、選手集めで絶対に失敗できないと思っていました。ただ来てくださいと頭を下げるのではなく、見せ方が大事だと考え、関西学院時代の知人が紹介してくれたイラストレーターに格安でチラシのデザインを考えてもらいました。そこにどんな一文を入れるかもすごく大事なので悩みましたが、

「俺は近江で強くなる」と入れた結果、格好良いチラシになり、70人もの選手が入学してくれました。

その結果、1年生のクラスが2つ増え、サッカーの持つ影響力を知った学校が急きょ、人工芝グラウンドを作ってくれることになりました。決断してくれた当時の校長とは喧嘩も多かったのですが、選手権に初出場した時と昨年準優勝した時はお礼の電話をさせていただきました。

当初は最低でも20人は来て欲しいと思っていたので、これほど多くの選手が来てくれたことに自分でもびっくりしましたが、選手や保護者も強化初年度にこれほど選手が集まるとは思っていなかったみたいです。1期生が卒業してからも、保護者が開催する飲み会に毎年呼ばれるのですが、「あんなに選手がいるとは思わなかった。私たちは被害者の会だ」と笑いながら言われます。

来てくれた選手こそ70人ですが、声を掛けた選手は何百人にも及びます。何試合か見た上で声を掛けていたので、「君のここが良い」と選手自身に伝えた長所は間違っていなかったと思います。ちゃんと見ていることを伝えるだけでなく、「俺にはこんなビジョンがある」と自らの夢を語っていました。県内の名門高校を倒してやるといったモチベーションを伝えたことを覚えています。

「Be Pirates」が生まれるまで

「Be Pirates」というチームスローガンを定めたのもこの頃です。1期生が最終学年を迎えるにあたって、近江高校サッカー部とは何だろう、この先どうなりたいのかを考えました。

以前から、野洲高校の「セクシーフットボール」というネーミングが良いなと思っていました。どんなサッカーをするのか言葉からイメージを膨らませることができます。近江にもそんなキャッチフレーズが欲しいと考え、知り合いに紹介してもらったメンタルアドバイザーの方に来てもらいました。

スタッフを交えて、ブレインストーミングのように最初は「好きなことを言ってください」というところから始まって、言葉を抽出しながら近江高校サッカー部と紐づけていきました。最後に大喜利のように「近江高校サッカーを一言で表してください」と聞かれた際、僕が「俺らは海賊じゃないか」と言った言葉がみんなの心に引っ掛かりました。

ただ、海賊のままでは格好悪いので、英語にしてパイレーツとなり、そこから「Be Pirates（海賊になれ）」というスローガンが決まりました。次の日には何十万円もする大型フラッグを買ってきて、決まったばかりのチームスローガンを記し、公式戦でスタンドに掲げるようになりました。

強化を始めて間もないチームが滋賀県の頂点や全国大会の勝利を奪い取っていく。そうした意味合いがありますし、選手には海賊のようにたくましい男になって欲しい、何か熱中するものを見つけて目標を立て、それに向かって突き進んでいける男になってほしい、という思いも込めています。そして何より海賊は仲間を大事にしているイメージもあります。選手同士の繋がりもそうですが、試合に勝ってお酒を飲みながら盛り上がっている僕らスタッフの姿も海賊みたいで、合っている気がします。

世間にインパクトを与えたい

立ち上げた頃から僕のスタンスは一貫しています。それは近江高校サッカー部として世間にインパクトを与えたいということ。強化を始めてすぐに結果を残せば、強烈なインパクトが与えられると考え、大会での成績にこだわっていました。全国大会に進めたら、今度はより多くの人にインパクトを与えられるサッカーをしようと考えていました。

早期に結果を残すため、1期生の選手は全国の強豪と練習試合をするためにいろんな所に連れていきましたし、たくさん走らせもしました。猛特訓との言葉では済まないほどで選手はよく付いてきてくれました。

筋トレは全くしない分、今でも1日の練習で走る量は他のチームより多いと思います。素走りだけでなく、ボールを使ったトレーニングでも走りの要素が多いメニューを取り入れています。

同じ育成年代でも指導法は違う

中学生と大学生の指導経験はありましたが、高校生の指導は近江が初めてだったので、とにかく毎日が手探りの日々でした。最初は大学生相手にやってきた指導を、高校生に合わせてすれば良いと考えていました。ただ2か月ほどでそれでは上手く行かないと気付きました。

大学生はただ心に訴えかける指導では響かず、頭でしっかりサッカーのロジックを考えないと動きません。ただ関西学院大学の選手はロジックだけでなく、気持ちが伝わる子たちだったので指導はしやすかったです。

しかし、近江の選手は教えるロジック通りにはプレーできません。まずは心に訴えかけて、選手として大人にしなければいけないと痛感しました。

メニューこそ今とは違いますが、当時も技術的な練習をずっとしていたのを覚えています。

近江高校 初のJリーガー

選手には3年で全国大会に連れていくと謳って声を掛けていました。1年目から上手く行かないのは当たり前なのですが、結果が出ない焦りを感じながらも、卒業後もサッカーを続けたいという選手が多かったので、大学でしっかりと活躍できるための育成をしようとも考えるようになりました。

高校と比べて自由が多い大学サッカーで活躍するためには、人間的に逞しくなければいけません。人としてブレてしまい、横道に逸れても最後にはサッカーに戻ってくる選手もいますが、サッカーとずっと向き合う4年間を過ごす方がきっと良いはずです。そのためには、高校生のうちに何をすべきだろうか考えていました。

ただ、勝利と育成は反比例するわけではありません。良い選手が揃っていれば試合に勝つ確率が高まると、1年目に気付けたのは大きかったです。

1期生は毎日が手探りで、日々がむしゃらでしたので、様々な出来事を今でも鮮明に覚えています。中でも立正大学経由で近江高校初のJリーガーとなった竹村俊二（現・カマタマーレ讃岐）はとても印象的で、入学してから卒業するまでの全てをよく覚えています。大学に行ってからも同い年で仲が良い須永俊輔がヘッドコーチとして見てくれていたので、よく近況を教えてくれていました。

彼は西宮SSの出身でしたが、僕が教えていた頃は面識がなく、中学時代のプレーを見て声を掛けました。お母さんを交えて話をした際に僕が作った近江高校サッカー

立正大学を経由して、近江高校初のＪリーガーとなった竹村俊二。ボランチでプレーし、一番信頼できる選手だった

部のチラシを渡したのですが、次の日には学校へ持って行って、担任の先生に「この学校に行く」と言ったそうです。後日、その時の笑顔がとても良かったと担任の先生が教えてくれました。

今でもよく覚えているのは彼が3年生で迎えたインターハイ予選です。準決勝の綾羽高校戦は延長戦の直前にセンターバックの選手が怪我をして、救急車で運ばれてしまいました。空いたポジションに、試合経験の少ない控え選手を入れるのは心もとなかったので、一番信頼できる俊二をボランチからセンターバックに落としました。そうしたら彼のミスから失点して負けてしまったのです。

次の日の練習で「すまなかった。自分

の手がなくて信頼できるお前をCBに入れた結果、ミスをさせてしまった」と謝ったら、俊二は泣いていました。

4バックから3バックになった理由

僕の選手起用で負けた当時の経験が、3バックを採用する今のチームに繋がっています。4バックシステムにおけるセンターバックはなかなか替えがききません。

前提としてこのポジションの能力の高い選手は、まずはJクラブのアカデミーに進みます。その次のランクの選手も関西の強豪校を選ぶので、近江には来てくれません。そのため、毎年センターバックは他のポジションからコンバートしてやりくりしています。

もし能力の高い選手が来てくれたとしても、レギュラーの代わりとなる3人目のセンターバックを育てるのは簡単ではありません。ただ、3バックならサイドバックやボランチの選手でも務まりますし、ユーティリティーさも発揮しやすいポジションでもあります。選手が慣れないポジションを経験することで、大学で「どこのポジションでもできます」と言いやすくなるとも思ったので、近江の基本システムとして採用するようになりました。

関西学院大学経由でプロになった山内舟征（現・FC琉球、いわてグルージャ盛岡へ期限付き移籍中）も元々はフォワードの選手でした。1年目はスーパーサブとして起用していましたが、足の速さを買って2年目の途中からセンターバックにコンバートしました。

彼に関しては近江で成長したというよりは、大学で試合経験を積むうちに成長していった気がします。関西学院大学の高橋宏次郎監督が可能性を感じて、入学

足の速さを買ってFWからセンターバックへとコンバートした山内舟征。関西学院大を経て、プロになった

1年目からレギュラーとして使ってくれたことが大きかったのではないでしょうか。

真っ白なキャンバスを選んだ選手とコーチ

実績も何もない近江高校を進路先に選んでくれた1期生の冒険心はすごいと尊敬しています。彼らとは一歩を踏み出す勇気で繋がっていた気がしています。

1期生の選手たちは今でもサッカー部に愛着を感じてくれているみたいで、よく試合を見に来てくれます。見るだけでは満足できなくなったのか、OHMI FCという社会人チームを作りました。まずは滋賀県3部リーグからのスタートなので、毎年昇格をし続けた高校時代と同じように「最速で関西リーグに行けよ」と伝えて、高校当時のユニフォームをプレゼントしました。「関西リーグに行ったら俺が監督をやってやる」とも伝えたら、「みんなが辞めるので勘弁してください」と言われたのは笑い話です。

1期生が入ってきたタイミングで、コーチとしてチームに加わってくれたのが関西学院大学時代の教え子である槙島隆介です。僕が関西学院大学のヘッドコーチを辞めて無職だった頃に「次は何をやるんですか？」と連絡をくれた一人です。まだ近江に行くことが決まってはいなかったのですが、「僕も教員免許を取るので、また一緒にやりたいです」と言ってくれていました。

何もない状態で声を掛けるのは気が引けたのですが、1期生の人数がある程度決まった段階で、「これから3年間が勝負だから一緒にやろう」と声を掛けました。

彼は誠実で嘘をつかないのが魅力です。4年ほどサッカー部の指導を手伝ってくれて、その後「ＳＰＬＹＺＡ」というサッカーの映像分析ツールの作成と販売を行なう会社に就職しました。今では会社の仕事と並行して近江が行なうサッカースクールの指導もしてくれています。

初めて挑んだインターハイは初戦敗退

初めて迎えた２０１６年のインターハイ予選は、膳所高校に０－４で敗れ、初戦敗退。優勝はできなくても、ベスト8くらいには進めるだろうと思っていたのですごく凹み、「選手権は大丈夫かな…」と不安が募ったのを覚えています。今振り返るとあの時は今ほど試合に向けた準備をしていませんでした。準備の細かさが今とは全く違いました。

結局は負けた経験ばかりで、悔しさで終わるシーズンが多かったから、抜かりなく準備をするようになった気がします。「今年は良かったな」とハッピーエンドで終わらないのが、サッカーという世界。究極を言えば笑顔で終わることができるのは、選手権で優勝した1校しかないのです。

冬の選手権は長浜北高校に勝利し、初戦を突破したのですが、2回戦で東大津高校にPK戦で敗れました。1年生ばかりだったこの年は、滋賀県3部リーグを勝つのも大変で、接戦を何とか物にしての優勝。選手権予選の前に2部リーグへの昇格が決まってホッとしていた部分があったように思います。

大会前、選手が掲げていた目標はベスト8だったのですが、リーグ戦とは違った選手権予選独特の雰囲気を掴めず、気持ちを持っていくのが難しかったです。この年以降、PK戦の練習をたくさんするようにもなりました。

最後まで残ってくれた3年生は吉田舜輝と山田壮馬だけ。負けた東大津戦で吉田はベンチに入っていたのですが、山田はスタンドでの応援。悔しさもあったと思うのですが、1年生だらけのチームを献身的にサポートしてくれました。

彼らを称えたくて卒部式を盛大にやった後は、2人を焼き肉に連れていきました。苦労も多かったと思うので「すまんな」と謝りながらも、楽しい時間を過ごせました。

彼らは心からサッカーが好きでピュア。本当に気持ちのいい選手でした。彼らのような良い〝0期生〟と出会えたから、今の近江があると思っています。感謝しかありません。

4

悲願の
選手権初出場

OHMI FOOTBALL CLUB
Boys Be Pirates!

勝負の年と位置付けた就任2年目

迎えた2年目は勝負の年だと考えていました。世間にインパクトを残すには、3年目ではダメ。選手が3学年揃ったタイミングで結果を残しても、当たり前でしかないと思われるので、1、2年生だけで全国大会に行くしかないと思っていたのです。強化を始める前から在籍してくれていた足立、城野の2人も夏で引退することが決まっていたので、最後のはなむけとしてインターハイ予選は何としてもいい結果を残したいと思っていました。

大会前のゴールデンウィークに富山県で合宿をしたのですが、選手にこんな言葉を掛けました。「いいか、初戦の東大津、その次の彦根東に勝って、ベスト8まで進めば相手は野洲だ。絶対に勝つぞ」って。

当時の滋賀は野洲が頭一つ抜けている存在でした。その野洲に僕らが勝てば「あの野洲が負けた。どこのチームだ、野洲に勝ったのは?!」と大勢の人が興味を持ってくれて、近江の株がきっと上がるはずです。

王者・野洲に勝てば、準決勝の相手は草津東高校が濃厚です。草津東は僕の母校でもあります。「トーナメントを勝ち上がって、一気に決勝まで行くぞ」と選手にハッパをかけたのですが、彼らは「このおっさんは何を言っているんだ」というポカンとした表情をしていました。

それからは対戦相手のストロングポイントを封じるために、寝る間も惜しんで分析作業をしました。インターハイ予選の時期は、どこもまだ新チームとして未完成な部分も多いので、チャンスはあると感じていました。これが選手権予選になるとどこのチームも仕上がってくるので、勝つならここしかないとは思っていましたが、チームに手応えを感じていたわけではありませんでした。

実際、試合では良い時間帯もあったし、手応えを感じるプレーもありましたが、1試合を通じて良かったかといえば、決してそうではありませんでした。ただ勝つときは、様々な要素が絡み合って勝っていくんだと選手に学ばせてもらいました。

世間にインパクトを与える勝ち上がり

映像をたくさん見ていくうちに相手チームの特徴が浮かんできます。準々決勝の相手、野洲は技術力が高い選手が揃っていて、やりたいサッカーが明確だったので、プレーに再現性がありました。当時はMF江口稜馬（現・FCマルヤス岡崎）のチームで、ボールは必ず彼を経由するので戦い方が明確でした。そうした選手をいかに抑えるかは大学サッカーで学んでもいました。

僕が就任するまでの近江は、野洲に10点以上取られて負るのが普通でした。そんな相手に2－1で勝つことができたので、学校中がすごく驚いていました。

準決勝の相手、草津東は一人ひとりが伸び伸びとプレーしていたので、何をしてくるか分からないチームという印象でした。高校時代、お世話になった小林茂樹先生も監督として挑む最後のインターハイということで鼻息も荒く、とても厄介な相手でした。恩師とはいえ負けたくない一戦でした。

お互い青系がホームユニフォームでしたが、マッチミーティングでも「草津東が白を着てください」と譲りませんでした。見兼ねた審判が「コイントスで決めましょう」と言うぐらい小林先生も譲らず、気合が入ったのを覚えています。同時にそこまで勝負にこだわる小林先生をまた好きになりました。

準決勝の草津東、決勝の綾羽はともに0－0で前後半を終えて、PK戦での勝利でした。粘り強く戦い、PK戦に持ち込もうとは考えていなかったのですが、PKの練習にも時間をかけ、徹底して準備してきました。PKに強いゴールキーパーも用意していたので、絶対に勝てるという勝算はありました。

準々決勝で野洲、準決勝で草津東、そして決勝で綾羽と、強敵を3連破して、全国初出場を決めることができました。スタッフたちは目の前の敵を倒す度に祝杯を挙げていて、今にして思えば海賊みたいな日々を過ごしていましたね（笑）。

力の無さを痛感したインターハイ

宮城県で行なわれた、2017年度インターハイ全国大会の初戦の相手は東海大学付属熊本星翔高校。前後半に1点ずつ失い、0－2で敗れました。力の差を感じるとともに全国で勝つことの難しさを知りました。

大会前には、熊本の知り合いから予選の映像を取り寄せ、相手のウィークポイントは分かっていたつもりでしたが、いざ試合になると相手はやり方をガラッと変えてきました。

うちには良いキッカーとヘディングに強い選手が揃っていたので、セットプレーから点を取るつもりでいたのですが、狙っていたポイントが空かず、流れの中からもチャンスが作れず何もできませんでした。シュート本数も2－13と大きく水をあけられました。

そもそも僕らは選手権で準優勝するまで全国大会で1勝しかしていません。全国の舞台でどうやって勝つかは今でも分かりません。全国大会常連チームの監督に会う度、「どうやったら全国で勝てるんですか？」とよく尋ねています。米子北高校（鳥取）の中村真吾監督に尋ねた際は、「お前はお前のままで良い」と言ってくださって、嬉しかったことを覚えています。

冬の選手権はインターハイで全国大会に出場した勢いのまま、県の頂点に立つつもりでした。苦しみながらも草津東との決勝まで勝ち進み、前半はイケイケで押していたのですが、後半から選手を2枚代えて勝負に出た相手にやられ、アディショナルタイムに失点し、0－1での敗戦。当時の僕は全国大会で早く結果を出したいと、勝ちに焦っていた気がします。

マッチメイクについてちゃんと考えるようになったのはこの頃からです。就任した当初は格上の強い相手を経験すれば選手が成長すると考え、大学生とばかり練習試合を組んでいました。上のレベルを体験すれば、選手が新しいサッカーを身をもって知れるし、速さにも慣れる。実際、格上の相手と対戦すると準備の重要性に気付き、守備が固くなるのは事実です。

ただ、3年目からは選手権で勝つために対戦相手のタイプに応じた練習試合を組むようになりました。自分たちより格下と言われる相手とも試合をして、チーム力を上げるのも大事だと感じたためです。格上との練習試合とは違い、押し込む時間が増えるので攻撃が良くなる利点があります。

一方で、従来の選手を伸ばすためのマッチメイクも大事だと最近になって改めて感じています。格上のチームと対戦し、一定の基準まで選手を成長させなければ、選手権でも勝てません。両方の考え方があって良いのですが、当時はチームを強くするためには強い相手とやらなければいけないという発想しかありませんでした。

今は二つの中から取捨選択ができています。両方のメリットを知った上で選ぶのはまた違います。

時に経験を積むための相手を選んだり、時にチームとして伸ばしたい部分を伸ばせる相手を選んだり、上手くバランスが取れるようになりました。

サッカー界は繋がりの世界なので、知り合いに頼んで履正社高校や東海大大阪仰星高校など大阪の強豪高校とはよく練習試合をお願いしていました。

九州など遠方にも出向いていましたが、当時はどのチームもAチームを出してくれませんでした。僕らは当時、滋賀の無名の高校でしたから仕方ないことですが、現在、その時に対戦したチームと公式戦で当たると嬉しい気持ちになります。そう考えると就任1年目からAチームで練習試合をやってくれた富山第一高校の大塚一朗監督には頭が上がりません。あの人はすごく心の広い人で、気になったことがあれば何でも気さくに教えてくれます。

辞任が頭をよぎった就任3年目

2年目の選手権予選で敗れた時も落ち込みましたが、それ以上に落ち込んだのは3年目の選手権予選です。ようやく3学年が揃ったので、全国大会に行くつもりでいました。

1回戦はシードでしたので、初戦となった2回戦の守山北高校戦、結局最後まで1点が奪えずPK戦で敗れました。僕自身、チャンスを作りながらもなかなか得点が奪えないゲーム展開に目が血走ってしまい、それが選手に伝わって動きを固くさせてしまった気がします。

一つの目安にしていた就任から3年で1度も全国高校選手権に行けず、責任を取って辞めようとも考えました。もし関西学院のヘッドコーチを辞めたタイミングで結婚していなかったら、近江での指導がこんなに長くは続いていなかったと思います。

授業を受け持ちながらサッカー指導をするのは大変ですし、指導者をやっていると苦労することの方が多いです。不思議なもので、嬉しい試合は一瞬で忘れるのに、悔しい試合ほどずっと覚えています。喜びは勝利を告げるタイムアップの笛が鳴った瞬間に10秒ぐらいガッツポーズをして、スタッフと抱き合っている時だけで、選手が整列している時には次の試合とともにまた苦しい日々が始まる感じです。

近江に来てからはずっと負けっぱなしであまり良い思い出はありません。独身だったらきっと早くに匙(さじ)を投げていた気がします。家族との生活があるから続けることができました。それに毎年希望を抱いて、目を輝かせた選手が入ってきてくれるので、辞められませんでした。

昇格し続けたチームが経験した初めての停滞

4年目の2019年はチームの礎を築いてくれた1期生が卒業し、新たなスタートを切った1年です。

1期生の選手が滋賀県3部リーグから毎年昇格し続けて、初めてプリンスリーグ関西に挑んだのですが、2勝6分10敗で終わり、1年での降格となりました。インターハイは2度目の出場を果たしたのですが、大分高校に初戦敗退。予選を含め、試合をやっていてもあまり手応えはありませんでした。

選手権予選は決勝で草津東に1－3で敗れ、またしても全国大会にはたどり着けませんでした。ボールは保持していたのですが、大半の時間は押し込まれてしまいました。相手のゴール前まで持ち込んでも、相手に怖さを与えられず、先制しながらも逆転され、草津東に選手権3連覇を許す結果になってしまいました。

この年はリーグ戦も含め、得点が少なく引き分けが多かったシーズンでした。選手、チームの良さを全く出せず、いま思うともっと違う戦い方があった気がし

何もないところからチームの礎を築いてくれた1期生が卒業し、新たなスタートを切った新チーム

ています。

近江と一緒にプリンスリーグ関西から降格した神戸弘陵（兵庫）は、シーズン途中まではうちと同じで上手く行っていなかったように見えましたが、選手権はしっかりとチームを立て直して全国に行きました。後に神戸弘陵の谷純一監督に「2019年はどうやってチームを良くしたのですか？」と尋ねたことがあったんですが、「何もしていない。ずっと選手を信じていた」と返ってきました。

僕は結果が出ないとイライラしてしまうし、不安が勝ってしまう。不安になって、いろんな選手や組み合わせを試してしまい、その結果として僕の不安が選手にも伝染して、思い切ったプレーにブレーキをかけてしまった気がします。指導者が不安だとチームに悪循環しか与えません。腹を括って選手を信じて、自分たちがやりたいサッカーをやるしかないと改めて思えた年かもしれません。

もともと前年は1期生の選手が主力の大半を占めていたので、シーズン前から上手く戦えるか心配していました。結果的には目標にしていたところにはたどり着けなかったのですが、森雄大（現在は関西学院大学）など2年生がたくさん試合に出て、経験を積めたのは大きかったと思います。

僕が一か月チームを離れても戦えると判断し、12月21日から新人戦が終わるまで、もう1度サッカーを学びなおすために、一か月ヨーロッパに滞在しました。イタリアでセリアA、イギリスでプレミアリーグの試合を見て、オランダではアヤックスの練習を見学しました。サッカーだけでなく、美術館に行ってモナ・リザやミケランジェロの作品を見たり、バレエを鑑賞しました。とにかくいろんな物事に触れて、全てを吸収したかった。得た物はとても大きかったと思います。目の前の試合に熱狂するたくさんのサポーターを目の当たりにし、サッカーという仕事が素晴らしいと深く実感しました。あのタイミングで行っていなかったら、その後行けるチャンスはなかったと思うので、思い切って行動して正解でした。

気持ちをリフレッシュし、もう1度頑張ろうという強い思いでいたのですが、帰国した直後に新型コロナウイルスの感染拡大により緊急事態宣言が発出され、学校生活を含めた全ての活動がストップしました。

そうしてまた、自己探求の日々が始まったのですが、ステイホームが叫ばれたおかげで、WEB会議サービスの「ZOOM」が一気に広がったのは僕にとって好都合だったかもしれません。それまでは実際に会って話を聞かなければならなかったのに、ZOOMのおかげで会わずにもいろんな人の話を聞けるチャンスができたからです。そこでずっと話を聞きたいと思っていたサッカー界の様々な人に話を聞かせてもらったのですが、当時、清水エスパルスのアカデミーアドバイザーをされていた森岡隆三さんもその一人でした。森岡さんはアカデミーとしての方向性を定義して、各カテゴリーに落とし込む作業をされていたので、定義の要因はどう決めているのかなど、貴重なことを教えてもらいました。

指導者としての学びが多かったコロナ禍

コロナ禍の時期にはサッカー関係者以外の方にも話を聞かせてもらいました。印象に残っているのは、楽天大学の学長をされている仲山進也さんの話です。

コロナ禍になる前に読んでいた著書の最後のページにメールアドレスが記載されていたので、「明日東京に行くので会ってくれませんか？」と連絡したのが出会いのきっかけでした。そこからコロナ禍に入り、お互い時間ができたのでいろんな話を聞かせていただきました。

中でも強く心に残っているのは、「夢中になる、ワクワクすることが大事」ということ。ワクワクするためには難易度の設定が大事で、簡単すぎるとワクワクしないし、難しすぎても諦めてしまう。難易度設定を考えなければいけないと聞いた時に、サッカーのトレーニングにも使えると思いました。これまでも自分の中でぼんやり感じていたことが、仲山さんとの会話によって明確になった気がしました。

緊急事態宣言中は授業もなく、好きな時間に充てることができたので、朝起きると筋トレとランニングをし、その後はアマゾンプライムとネットフリックスで映画とサッカーをひたすら見まくる日々でした。夜にはZOOMでいろんな人の話を聞かせてもらう。ヨーロッパで現役生活を終えて帰国したばかりの頃と同じニートのような生活でしたが、緊急事態宣言が出た3月から5月までの2か月間はとても学びの多い日々でした。

ただ、この年はチームに手応えを感じていたのでインターハイが中止になるのは仕方ないとしても、選手権だけは何としてでも開催して欲しいと思っていました。

8月末から公式戦が再開したのですが、特例としてリーグ戦の昇降格がなくなったため、勝ち負けを度外視し、いろんな選手を起用でき、これまでとは違う4バックにもチャレンジできました。そうした〝遊び〟が選手権出場に繋がった気がします。

無事に開催されることとなった選手権予選、準決勝までは危なげなく勝ち進み、迎えた水口高校戦。前半を0―2で終え、悪い流れを変えるため後半に入ったタイミングで4バックにしました。両サイドバックが高い位置を取る実質2バックのシステムで、コロナ禍の間に落とし込んだ戦い方でした。ピッチ上の選手たちもみな攻勢を仕掛けるためにはこれしかないと思い切ってプレーできた結果、3－2の逆転勝利に持ち込めました。

選手権初出場をかけた決勝の相手は綾羽高校でした。選手権の決勝に進むのは3回目。対戦相手は違いますが、過去2回は負けていたので思い通りに試合が進まなくても問題ないと考えていました。前半は上手く行って、後半にやられる展開が続いていたため、今回は5バックでスタートし、後半になってから攻勢をかけて流れを変えるプランを描いていました。

あの年の綾羽はカウンターが強力だったので、変なボールの失い方をしたくない。失い方ばかりを気にしすぎるとずっと攻撃の良さが出せなくなるのも想定済みでした。プレッシャーのかかる決勝は80分間の中でも様々な出来事が起きますが、3回目の決勝だったので僕もチームも慣れていたのは大きかった気がします。

狙い通りスコアレスで前半を終えて、後半半ばに2点を取って勝つことができました。ずっと憧れていた舞台にようやく立てたので純粋に嬉しかったです。ただ、それ以上に1期生、2期生の選手が行きたくても行けなかった場所に僕一人で行くんだという寂しさも感じたことも覚えています。

高校サッカーに携わって、選手権はいつもの試合とは別競技だと感じます。選手たちの試合に対する気持ちの入り方が違います。それは何十年にも渡ってメディアの方々がすごく盛り上げてくださって、多くの人に注目してもらえる大会へとしてくださったから。僕ら指導者は毎週挑むプリンスリーグの1試合と準備の仕方は変わらないのですが、選手の思いが強すぎて想定外の出来事がたくさん起きます。初出場までの4年間でたくさん悔しい思いをしながら、エラーが起きる前提で試合に向けた準備をするようになりました。失点に繋がるエラーを極力なくすマネジメントが大事だと僕自身が気付けたことが、初出場に繋がった気がします。

ただ、選手やチームを育てるためには、勝ち負けにこだわらない時期も必要だと感じています。今の中学生、高校生は所属するリーグのカテゴリーによってチームを選ぶ傾向があります。そうなると指導者は勝たないと選手が集まらず、生活ができなくなるので、サッカーが段々凝り固まっていく傾向にあるのではないでしょうか。

僕自身、リーグ戦が中断してからインターハイまでの時期が、一番練習をしていて楽しいと思えました。対戦相手を度外視して、自分がやりたい練習ができる数少ない期間でしたが、普段のシーズン中では同じようにはいきません。セットプレーの対策、守備のトレーニングなど対戦相手を意識して、再現性が求められるトレーニングをしなければいけないからです。その結果、やらなければいけない決まりが求められ、義務感が生まれて選手が楽しめない気がしています。

自分たちがやりたいことだけをやっていては結果が残せない時代だとは理解していますが、心から楽しいと思える練習だけをやると果たしてどんな結果になるのかは気になります。

5年目にして掴んだ悲願の選手権初出場

5年目にしてようやく選手権初出場を決めた時はとにかく嬉しかったです。綺麗事ではなく、優勝を決めた瞬間はOBに対する感謝の言葉が浮かびました。高校生なら誰もが憧れる舞台に1期生と2期生を立たせてあげることができなかったので、彼らも一緒に連れて行きたいと思ったくらいです。

いざ全国大会に行ってもコロナ禍真っただ中だったので、無観客での開催でした。独特の緊張感がある中で日本大学山形高校との初戦に挑んだのですが、立ち上がりから思い通りの試合運びができて、前半8分に先制点が決まりました。追加点が入れば勝てると思っていたのですが、なかなか決まらないまま前半を終えました。後半も立ち上がりは押し込んでいたのですが、ＦＫを決められてからは流れが相手に傾き、同点で80分が終了。結果的にはＰＫ戦での勝利になりました。

２回戦の神村学園戦は、今思い出してもとても悔しい負け方でした。事前に試合映像を分析して相手の戦い方をしっかりと頭に入れて挑みました。

とにかく超攻撃的なサッカーが持ち味の神村学園に対して一切引きませんでした。アンカーにボールが入った瞬間を狙って、潰しに行った結果、神村学園の攻撃を封じることができました。後半に入って相手は、ダブルボランチにシステムを変えてきました。県予選での戦い方から相手が上手く行かない状況を打破する際に中盤を変えてくることも想定済みでした。

それに対して用意した次の手は上手くハマらなかったものの、スコアレスのまま試合が進み、後半残り1分にサイドからのクロスを1年生ＦＷ福田師王（ボルシアＭＧ／ドイツ）に決められ、０－１での敗戦。押していた展開だっただけに悔しい敗戦となりました。

一発を持っている選手がいるかいないかが勝敗の行方を左右した試合で、点差以上に大きな差を感じました。

この試合では残り時間3分のタイミングで、FW中村匡汰を投入しました。決して主力とは言えなかった彼を起用したのには理由があります。

彼が初戦を戦った三ツ沢球技場のロッカーをとても綺麗に掃除して帰ったのです。普段はそこまでするような選手ではなかったので気になり、スタッフに理由を聞いてもらうと幼少の頃から横浜F・マリノスの熱狂的ファンだと分かりました。ちなみに卒業後に進んだ進路も日産自動車で働く人を養成するための専門学校でした。

マリノスのホームスタジアムだった場所に来ることができて、感動した結果の行動だったのです。それだけ愛のある選手を使わないのは勿体ない。2回戦も同じ三ツ沢球技場が会場だったので、ピッチに立てば誰よりも一生懸命頑張ってくれるだろうと思って、彼を送り出しました。

「マリノスを愛した男が憧れの舞台で決勝点」。僕の中では活躍した際に出るだろう記事の見出しまで浮かんでいたのですが、そう上手くは行きません。結果的には勝てなかったのですが、彼にとっては一生の思い出になったはずです。

高校サッカーに携わって9年。まだまだ試行錯誤の日々だが、選手に対する接し方は分かってきた気がする

高校サッカーは飴と鞭が必要

高校サッカーに携わって9年目になりますが、まだ〝高校サッカーとはこうしたものだ〟といった感覚は掴めていません。ただ、年間の流れは把握できましたし、選手に対してやってはいけないことは分かってきた気がします。選手が心地よくプレーするために、最後は気持ちを上手く乗せて、チームにしないといけない。飴と鞭ではありませんが、普段は厳しく練習している分、最後はすごく美味しい飴を用意しなければいけないと学びました。

チーム作りも同じで最後はどこかで理想と現実の妥協点を見つける必要があります。ただ、その妥協点の見つけ方は決してネガティブではいけません。100点を目指しながら、70点しか届かないと分かった際、「満点には30点足りないから、70点のまま行く」と伝わってしまうと選手の気持ちは乗りません。選手の気持ちを上手く乗せて、70点を100点に見せるようなアプローチをすれば、選手がのびのびとプレーしてくれるはずです。

昨年の選手権も同じで、初戦の日大藤沢高校戦の前半はとても褒められるような内容ではありませんでした。ハーフタイムには「こんなサッカーをするために1年間やってきたわけではない」と雷を落としましたが、試合に入るまでは選手の気持ちを乗せる声掛けを意識していました。

高校サッカーに携わるようになってから、3年生の力を信じるようにもなりました。以前は、同じ力であれば下級生を使うべきだと考えていましたが、選手権などの大一番で誰と心中するかを考えると3年間一生懸命頑張ってくれた3年生しかない、と思うようになったのです。

そのような考えに至ったのは、2021年です。チーム作りが上手く行かず、選手には申し訳ないことをしたと今でも思っている代でもあります。選手の悪い部分やできない部分がものすごく気になって、最後に気持ちを上手く乗せることができませんでした。

長所を引き出すために選手の気持ちを上手く乗せるべきなのに、できないことや無理なことを求め続けてしまいました。そして、選手権予選が始まる直前には、「目指すサッカーをこのまま追求しても難しいから、違うサッカーをしよう」という言い方をしてしまったのです。そうするとある一定の部分は良くなるのですが、それ以上の力は出ません。選手の本心から出ている力ではないので、どこかでブレーキがかかってしまうのです。前年のチームと比較しながら、前年以上のチームを作ろうというのが近江としてのスタンスですが、必要以上に前年度を強調しすぎてしまった気もします。

2戦連続PK戦を制してプリンスリーグ昇格

近江では〝こうなれば、こうしなさい〟といった型にハメた指導はしません。もちろん場面によってはパターンもあるので、トレーニングの設定は意識していますが、基本的にはグループトレーニングの中で自然発生的に選手が見つけて欲しいと思っています。

そのためにいろんなトレーニングを何度も反復させながら繰り返すのですが、この年は〝こうなれば、こうしなさい〟と細かく伝えていました。こうしたやり方は、選手にとっては理解しやすいので、チームが目指すスタイルに早く到達できるメリットがあります。どのチームも行なう、当たり前のチーム作りかもしれません。ただ、余白を残し、選手自身に考えさせるトレーニングをしてきた近江にとっては、その方針を放棄とまで行かなくても制限してしまったのです。

学校が2週間休校になるなどコロナ禍による影響も大きく受けた一年でもありました。滋賀県の場合は県リーグも試合がなくなりました。実戦による強化が上手く進まず、チーム作りを急ぐがあまり選手に対して細かくに口にしていたのかもしれません。サッカーのことをあまり考えたくなかった年でした。

インターハイ予選は準々決勝で草津東に勝利したものの、準決勝で比叡山高校に1－2の敗戦。選手権予選は準々決勝で立命館守山高校と対戦し、ＰＫ戦で敗れました。これまで9年間、近江を見てきましたが、リーグのカテゴリーを上げるか、選手権またはインターハイで全国大会に出場する。そのどちらかを毎年達成してきましたが、2021年だけは11月時点で何も達成できていませんでした。残すは県リーグからプリンスリーグ関西への昇格だけでした。

昇格をかけたプレーオフの会場に向かう際、GKコーチの大出一平と「全国出場も昇格も達成できない年は初めてだな。辞めどきかもしれないな」と話したことを今でも覚えています。

初戦の東山高校（京都）戦は0－0からPK戦の末での勝利。東山は翌年の選手権で準優勝するメンバーが下級生ながら揃っており、とても手強いチームでした。

肩が強い竹田泰知にロングスローを投げさせ、密集を作って相手を混乱させる戦術を取り入れたりもした

そんな相手に対して割り切って守るといっても試合時間が短いインターハイとはわけが違って、きっちり45分ハーフ。一生懸命みんなで守りながらも、「攻める時はみんなで百姓一揆だ！」と玉砕覚悟で挑んでいました。肩が強い竹田泰知というセンターフォワードがいたので、近江史上初めてロングスローを投げていた年でもあります。ただ、割り切ったサッカーをするのではなく、今と通じる部分もあり、ロングスローを投げてから密集を作って、相手を混乱させようと考えていました。

勝てば昇格が決まる近畿大学附属高校（大阪）との第2戦も90分間で決着がつきませんでした。迎えたPK戦では、決められたら負けが決まる場面が2度あったのですが、相手が外してくれ、辛くも勝利を掴むことができました。結局、プレーオフ2戦で1点も取れないままプリンスリーグ関西1部への昇格を決めることができました。

何とか目標を達成した安堵から、次の日から1か月ぐらい「何もしたくない」と思い、Aチームではなく、Bチームの練習を見ていました。それほどプリンスリーグプレーオフは疲れる戦いでした。

選手の前で初めて涙を流した2022年

上手く行かない一年を乗り越えたからといって、翌2022年の代も決して強くはありませんでした。新チームが立ち上がったばかりの2月に草津東と対戦したのですが、1－6で大敗しました。草津東の総監督・小林茂樹先生が満面の笑みで話しかけてきて、昼飯をご馳走になったことを覚えています。それほど嬉しかったのでしょうね。

ただ、インターハイ予選の決勝で草津東と再戦した際は0－0に持ち込んで、PK戦で敗退。選手権予選の決勝は、終

2022年のキャプテン岡田涼吾は、指導者を目指して大学に進み、卒業後は近江に帰ってくるつもりだと言ってくれた

始相手を押し込んで4－1で勝利し、選手の成長を感じました。

この年は下級生が試合にたくさん出て、経験を積んだことも翌年の選手権準優勝に繋がったと思います。レギュラーメンバーに上級生は少なかったですが、歴代でも一番良いチームと思える代で、年間を通じてとても成長しました。人としても格好良い奴が多かった代です。覚悟が決まっている選手が数多くいたので、どんな状況になっても気持ちがブレることがありませんでした。練習も同じで、ただ言われたメニューをこなすだけでなく、自分たちの気持ちを上乗せできていました。

キャプテンだった岡田涼吾（現在は関西大学）は大学卒業後に指導者として近江に帰ってくるつもりらしく、教員免許を取るために頑張っています。

すごく思い入れがある年だったので、事あるごとに泣いていたのを覚えています。インターハイで負けた時こそ泣かなかったのですが、プリンスリーグの前期最終節で興國高校（大阪）に負けた時は悔しさのあまり、自然と涙が溢れました。夏からはプリンスリーグでも勝ち始めて、選手権出場が決まった瞬間は感動から涙しました。家に帰ってから泣いたことはこれまでもありましたが、選手の目を憚らず泣いたのはこの年が初めてかもしれません。

応援したくなる選手ばかりだったので、彼らを何とか全国に行かせたい、陽の目を浴びさせたい、その一心で練習に取り組んでいました。試合との向き合い方も変わり、これまでは〝やられないため〟に戦術を組んでいたのが、やられないではなく〝やらせない〟というスタンスが強くなりました。相手にやらせないし、俺らがやる。矢印が前向きになった年でした。

長期休みはいかに質を求めるかに重点を置く

夏休み期間での取り組み方を変えたことも、選手の成長にとって大きかった気がします。

これまでは長期休みになると関東や九州に出向いてたくさん練習試合をしていたのですが、前年はコロナ禍が続いていたため、県外に出ることができませんでした。翌2022年の活動をどうするか考えた際、試合はボールに触る機会が少ないのが難点、試合を組みすぎると選手が下手になると考え、練習試合の数を減らしました。

ちょうど加圧トレーニングを始めたタイミングでもあったので一週間の流れに沿っ

て、ちゃんとトレーニングをしてゲームをした方が良いと考えてスケジュールを組みました。週に1度試合を行なう通常期から、週に2度に増やすイメージです。時間があるとどうしてもスケジュールを埋めたくなりますが、オフもちゃんと取りながら活動していました。

トレーニングメニューも週末に公式戦がないので、対戦相手を気にせずじっくり3時間ぐらいかけて選手に身に付けさせたい内容を細かく取り組みました。

まずはボールと自分との関係を磨いてから、出し手と受け手の関係に入っていく。そこから3人目が加わって、ボールに対して関わる選手を増やしていく。選手には「ボールとの出会い方」、「人との出会い方」といった曖昧な表現をすることで、パスで出会うのかスイッチで出会うのか、選手それぞれが感じたプレーを表現して欲しいと考えていました。

選手にもある程度の充実感を与えられるので試合をしている方が楽ですが、自分とじっくり向き合う時間も必要だと思います。

だからといって、長期に渡る遠征で選手を精神的に鍛え、チームワークを磨く従来のやり方を否定しているわけではありません。それぞれの考えがあって、それぞれの良さがありますが、一番ダメなのは、指導者が遠征に出ている期間の長さに満足してしまうことだと思っています。

インドに行った時に感じたのですが、一人で旅をしているといろいろと大変なことも経験します。同じような境遇の人に会うと「俺はインドに来て一か月になるけど、君は何日目?」といったおかしなマウントの取り合いになったりします。大変さを競い合っても意味がありません。そうではなく、どれだけ質を高められるかが大事だと思います。

そもそも毎年在籍する選手が違うので、同じことを繰り返しているのは不正解な気もしています。それなので、代によってはまた長期の遠征に出向く年があるかもしれません。

くじ運の重要性に気付いた2度目の選手権

2022年、2度目の出場となった選手権は1回戦がシードで、2回戦は昌平高校との対戦になりました。昌平は優勝候補の一角にもあげられていたタレント軍団です。

2年前の初出場の時も強豪・神村学園に負けてしまいましたが、僕らが押し込んでいる時間帯でも彼らが全く焦っていなかったのがすごく悔しかったのを覚えています。それ以来、すぐに全国優勝は無理だとしても、神村学園や昌平のような強豪相手に正々堂々と向かって行って、倒すようなゲームがしたいと思っていました。そうすれば、チームとして次のステップに行けるんじゃないかと。ベスト8やベスト4に入るより、一発目で優勝候補と言われるようなチームを破ってインパクトを与えたいと考えていました。次の試合でボロボロに砕け散っても良いじゃないですか。

相手がどこであろうと勝負なので勝つか負けるかはやってみないと分かりません。全国の舞台で自分たちのサッカーがどこまで通用するのかトライしたいと考えていたので、昌平と対戦できると分かった時は嬉しかったです。抽選会で引き当てた時はキャプテンに「よくやった！」と言いました。

NACK5スタジアム大宮での昌平戦、会場は超満員でした。初出場時は新型コロナウイルスの影響で、無観客での開催だったので、初めて大勢の観客の前でプレーし、「これが選手権か」と実感しました。

前半をスコアレスで終えながら、後半20分に先制点を許したのですが、6分後に同点に追い付きました。その後もチャンスを作りながらも勝ち越し点を決められずにいると、残り10分を切ってから2失点してしまい、終わってみれば1－3の敗退。近江らしさを出せた充実感とともに悔しさも残りました。

試合が終わってから、スタッフで飲みに行ったのですが、最終的に出た結論は「くじ運は大事」ということ（笑）。「来年こそは良いくじを引こう」とみんなで慰め合いながら、2022年が幕を閉じました。

5

近江のサッカー哲学

OHMI FOOTBALL CLUB
Boys Be Pirates!

テクニックにこだわるのは、見ていて面白いから

近江高校サッカー部に携わってから、これまでずっとテクニックにこだわってきました。「なんで、こんなサッカーをするの？」とよく聞かれますが、自分が見ていても楽しいし、みんなも見ていて面白いでしょ、と答えるしかありません。

近江のサッカーを体現するためには選手の感受性だけでなく、グルーピングも大事です。本当に仲の良い選手、心が通じ合う選手は誰と誰なのか？　そういったことは、ただ選手自身に尋ねるだけでは分かりません。だから遠征時の食事の際に、誰がどのテーブルに座っているかすごく気になります。試合後のクールダウンの時間に誰と一緒にいるのか、学校生活も誰と一緒にいることが多いのか、そういった普段の場面で本当の人間関係が分かると思います。

特に注意深く見ているのは試合で負けた後です。負けた後の態度は選手の人間性が

見えます。悔しがっている選手もいれば、割とあっさりしている選手もいます。その際、同じ感情の選手で集まりやすい傾向があるので、そういったところも注意して見ています。そうした人間関係を踏まえた上でメンバーと組み合わせを常に試行錯誤しながらチーム作りをしているのです。

そして、試行錯誤しながらも、テクニカルなサッカーを志向し、来てくれた選手をいかに上手くするかを考える楽しみも感じています。

高体連には様々な色があって、いろんな山の目指し方があることが良さだと思っています。パスサッカーがあっても良いし、ドリブルにこだわるチームやフィジカルを重視するチームがあっても良いと思います。みんなが一つのルートで山頂を目指すのではなく、いろんなルートで登った方が質の高い選手が出てくるのではないでしょうか。登り方を大きく変えずに、試行錯誤しながらチャレンジし続ける姿勢が、指導者にとって大事な気がしています。

当たり前ですが、近江に来てくれる選手は毎年キャラクターや特色が違います。僕としては、バラエティーに富んでいた方が面白いと思っています。おつまみでも柿ピーだけでなく、いろんな種類が入っているバラエティーパックの方が嬉しいじゃないですか。

そのため試行錯誤を繰り返しながら選手を育て、チームを作っていますが、絶対に自分が好きなサッカーだけは譲れません。博打かもしれませんが、毎年の色を出して高校生にとって最後の舞台である選手権で何をするか分からないワクワク感は大事にしたいです。

基礎トレーニングでプレーの円を広げる

毎日の練習では、ウォーミングアップとしてカラーコーンやフラットマーカーを使ったドリブルや対人パスのトレーニングに取り組み、足元の技術を身に付けさせています。

選手に意識して欲しいのは、「プレーの円を広げる」ことです。DFは対面した攻撃の選手がボールを受けた瞬間に足とボールの接点に対してアプローチしてくるので、前向きのプレッシャーを浴びたからといって、困っているようでは簡単に奪われてしまいます。身体の前後左右、インサイド、アウトサイドとどの位置でもボールに触ることができれば、プレーエリアの円が広がり、相手に奪われにくくなります。

同時にどの位置でボールに触るかによってDFのアプローチも変わります。準優勝を果たした2023年度の選手権で右ウイングバックを務めた鵜戸瑛士（現在は京都橘大学）を例に挙げるとイメージしやすいかもしれません。

中央からのパスを右サイドで受ける際は身体を開いて右足のインサイドで止める選手が多いのですが、そうするとDFからのプレスをもろに受けることになり、ボールを奪われやすくなります。

鵜戸の場合は早くボールに触るために右足のアウトサイドで止めて、中央にドリブルを仕掛けていました。相手に動きが読まれたら、右足のアウトサイドで受けると見せて、ボールを流して右足のインサイドで触って、縦に行く。プレーの円を広げながら、鵜戸のようにそれぞれのスタイルに合ったボールの触り方をトレーニングの中から見つけていって欲しいと考えています。

ファーストタッチと目線で相手の逆を突く

基礎を身に付けるトレーニングの際に選手によく伝えているのは、「ギリギリまでファーストタッチを決めてはいけない」ということです。あらかじめボールの止め方を決めていると、相手が予想外の動きをしてきた際の対応が遅れてしまいますが、相手の出方を見てギリギリの所でファーストタッチを変えることができれば簡単に逆が取れます。ボールを受ける瞬間に身体を寄せた相手が足を出してくれば、奥側の足で止めたり、相手が出した足の前でボールを触れば良いのです。

パスを受けてから大事なのは、2タッチ目の速さです。1タッチ目の動きで相手の足を少しズラせても、次のプレーが遅ければ2度目のアプローチを受けてしまいます。そのためボールを受けたら素早くもう一度ボールに触るか、パスを出す。練習では「(動きの)切れ目を作らない」、「トントン、トトン、トーントン」といった擬音を交えて素早いテンポを身体に染み込ませています。

そうしたボールタッチへのこだわりは強く、近江ではボールの移動中、パスを受ける前の状態を〝ゼロタッチ目〟と呼んで選手に意識させています。大事なのは自らがボールを受けようとしていることを相手に気付かれていると自覚することです。それを理解した上で、ボール奪取を狙う相手をどうズラすかを常に考えておかなくてはいけません。そのためにはボールがない時に〝見ておく〟ことも重要で、コンビネーションを取るために味方を見るだけでなく、相手も見ておく。見ておくと、相手は〝何かするぞ〟と思って自然と足が止まるのです。見ることで相手の動きが止まれば、使えるスペースは広がります。

パスを出すと相手に思わせない

パスに対する考え方も選手に変えて欲しいと考えています。パスはどうしても味方の足元に出そうとしてしまいますが、相手に当たらない感覚で出せば通りやすいものです。相手が出す守備の矢印が分かった上で、逆にパスを出せば良いだけなのですが、選手の多くが矢印の方向に出してボールを奪われてしまいます。原因はパスの受け手を見すぎて、相手の矢印に気付かないから。パスをきちんと味方に届けなければいけないと思って、味方を見過ぎてしまうのです。

試合も同じで周りを見てはいるけど、ちゃんと理解して見ていないので、何も考えられない選手が多い気がします。見ていないから、奪われた瞬間の切り替えも遅くなる。見ていない、考えていない、思考が止まっているというワードをよく言っています。「離そうと思ってパスを出すな」というワードもパスの練習で選手によく伝えています。相手に手のうちを見せずにサッカーがしたいので、あからさまにパスを出すと分かる状態でパスを選択するのは好きではありません。

バックパスが分かりやすい例かもしれません。例えば、右のウイングバックがサイドでボールを止めた際、相手にプレッシャーをかけられてから後ろに下げると、相手はボールを奪えると判断し、守備にゴーサインが出ます。そうなればバックパスをもらった選手は相手の守備に追い込まれて、ボールを失うリスクが高まります。

そこで、同じ後ろに下げるパスであっても、受ける際に前向きでボールを受けて相手を睨んで攻撃を前進させると匂わせておけば状況は大きく変わります。相手は警戒して下がるので、バックパスを出しても守備のゴーサインが出せません。そうした受ける際の意識を少し変えるだけで優位な状況が作れます。

そもそもなぜパスを出すか、それは味方をより楽にさせるためです。そのためボールを持っている選手は味方に付いているマークまで気にしなければいけませんし、パスを出した先まで見えていないといけません。

次の選手がパスを出しやすいようにボールの勢いを殺した緩いパスを活用するのも有効的です。ただ味方にボールを渡すだけのパスではなく、未来を描くためのパスであって欲しいと考えています。

カオスこそ面白いサッカーが生まれる

カオスにこそサッカーの面白さが生まれると考えています。整ったサッカーには決して面白さは出せません。それは途上国を旅した時の経験から得た感覚です。先進国のヨーロッパで道端を歩いても街が整っているせいで、何も面白さを感じなかったのですが、発展途上国ほどただ道を歩いているだけでも何かが起きるかもしれないとワクワクしたものです。そうした混沌とした中にこそ面白さが生まれると思っています。

最近ではビルドアップのパターンを教えるチームが増えています。確かにパターンを覚えると攻撃が上手く行きますし、チーム作りもスムーズです。ただ〝形〟でサッカーを覚えてしまうと選手はある程度のところまでしか成長しないと思います。パターン化されたサッカーだけでは弊害がある気がします。

また、言語化が良いとされていますが、僕は選手のためにならない気もしています。選手にプレーを言語化して、具体的に伝えてしまうと選手が考えてプレーをしなくなると思うのです。そうした考えに至ったのは関西学院大学時代、いろんな高校から来てくれていた選手を見て各チームの色を感じたからです。

高校時代にポゼッションサッカーを教え込まれていると感じる選手は、プレーの幅が狭いケースがある一方、世間的には蹴るサッカーと言われるチーム出身の選手の方が大学4年間でグッと伸びることもありました。ただロングボールを蹴っているだけで、一見サッカーを詳しく教えられていないように見えますが、そこにも魅力があるんじゃないかと思いました。

現在J2のジェフ千葉に所属する呉屋大翔がまさにそうでした。呉屋は千葉の名門・流通経済大柏出身なのですが、高校時代の話を聞くと電柱とずっと競り合っていたそうです。「3年間、一度も勝てなかった」と悔しそうに言うので、「当たり前だ」と突っ込みました。

笑い話に聞こえるかもしれませんが、流通経済大柏からこれまで数多くのJリーガーが出ているのは、そうした一見突拍子もないと思える指導の中に、僕がまだ気付いていないサッカーの本質があるからではないかと思っています。僕が同じ指導をしても呉屋のような選手は出てこないので、いつか一流指導者ならではの感覚を掴みたいと考えています。

人間らしさがサッカーには必要

今の指導は日本の社会と同じで、正しいことだけが良しとされ過ぎている気がしています。

昔、インドに行った際、ガンジス川で死体を焼いている人たちの姿を見て衝撃を受けました。死体を焼く際に出る強烈な臭いが周囲に充満していても、周りの人たちは気にも留めずに日常生活を送っているのです。

一方で、日本の葬式はきちんと整った会場で厳かに執り行われますが、本来人間の死は汚いはずなんです。それこそが人間味だと思うのですが、今の日本は隠そうとしすぎているのではないでしょうか。

サッカーも同じでプレーモデルや言語化といった響きが綺麗な言葉ばかり取りざたされて、本質である目の前の相手に勝ちたいからこそ生まれる泥臭さが見落とされている気がします。サッカーは整った物から生まれる物ではありません。人間の喜怒哀楽から良いプレーが生まれるものであって、人間の感情が垣間見えるからこそ見る人の心を震わせるのだと信じています。

そのため、普段の練習から選手には感情を出せと常に言っています。悔しかったら悔しさを前面に出せば良いと思います。そうした人間らしさが選手の成長のために必要ではないでしょうか。

近江を支えているのは様々な立場のスタッフ陣

今の近江にはいろんな立場の方がスタッフとしてチームに携わってくれています。トレーナーではチームに帰ってきてくれたOBはいますが、今はまだ教員が少なく、来てくれているのは他チーム出身者ばかりです。彼らはいずれ近江から出ていく可能性もあるので、ここにいる間になにか次で活かせる経験を積んで欲しいと考え、僕が一切口を挟まず、一つのカテゴリーを任せています。

外部コーチは昔からの知り合いが多く、彼らを全てAチームに置いているのは、若いコーチが他のカテゴリーで、思い切って自分らしく指導して欲しいと考えているためです。

ヘッドコーチの市川兼伍は名古屋グランパスなどで活躍した岡山哲也さんの教え子です。市川は中京大学附属中京高校（愛知）の監督に岡山さんが就任し、強化を始めた1期生の選手で、キャプテンをやっていました。スタッフを探していた際に紹介してもらい、2022年から教員としてチームに携わってくれています。寮監もやって

いろんな立場の方がスタッフとしてチームに携わってくれている。彼らの存在なくして選手権準優勝はあり得なかった

くれていて、市川が来てくれてから、寮の規律がとても良くなりました。

学生時代はキャプテンを任されていたぐらいの性格なので生徒に対してきちんと指摘できます。オンとオフの切り替えも上手で、選手にとっていい兄貴分的存在でもあります。

近江高校は寮生が少なく、1学年に7名しかいません。「ベースとなるのは滋賀県内の選手で、そこに県外の選手が合わさったチーム」が元々のコンセプトなので、県外出身の寮生がいかに活躍できるかがチームの命運を左右します。かといって選手選考はフラットにジャッジしており、寮生だからといって試合には使いません。遠方から覚悟を持って近江高校に来てくれた選手が、市川の存在によって成長してくれたのはチームにとって大きかったです。

橋本真児くんは2歳上で、草津東高校時代の先輩です。一緒に選手権を経験したのですが、卒業後は全く連絡を取っていませんでした。社会人になってからは彦根市に住み、週末は実家の京都に戻って中学生の指導をしていました。ある時、教え子を見て欲しいと言われて、再び交流が生まれました。何度か会ううちに「土日だけでもうちの選手を見て欲しい」とお願いし、スタッフに加わってくれました。真児くんは選手とよく喋ってくれるし、相談にも乗ってくれています。「橋本コーチを勝たせたい」と意気込む選手もいるほどで、良いお兄ちゃん役です。

中学時代のチームメイトで、今は一般企業で働きながらGKコーチをしてくれている大出一平は強化を始めた2016年からチームに携わってくれています。フットサルの関西リーグでプレーしていた経験があり、セットプレーの指導を一任しています。

彼がすごいのは選手を信じられるところです。上手くコミュニケーションを取りながら、それぞれの良さが出せるように育ててくれています。「GKとはこうあるべきだ」といった指導ではなく、選手の特徴で勝負できるように働きかけてくれるというのでしょうか。それだけではなく、ウィークポイントもしっかりと鍛えてくれています。

真児くんも、大出も休日に練習を見に来てくれる時には朝から晩まで選手と向き合ってくれているので頭が上がりません。

高校時代の同級生、川西俊貴は僕の右腕と言える存在です。大学卒業後は滋賀県内の公立中学校で教員をしながら、外部コーチとして携わってくれています。僕が近江高校に来て以来、ずっと「近江高校の教員になって欲しい」と誘い続けながらも頑なに拒否され続けていたのですが、腹を括ってくれたのか2022年の夏ごろから土日に帯同してくれるようになりました。自身の中学校の指導や、家族サービスもある中、合間を縫ってチームを支えてくれているのはありがたい限りです。

部長の臼井徳典先生と顧問の石田敏康先生はお金の管理やバスの手配など事務作業を一手に引き受けてくれて、チームを支えてくれています。僕が指導に全力を注ぎこめるのは2人のおかげと言っても過言ではありません。

冨田恭輔さんは立ち上げからチームを診てくれているトレーナーです。元々は岐阜の病院に勤めていて、臼井先生の奥さんに「トレーナーをやりたい子がいる」と紹介してもらったのが出会いでした。コミュニケーションを取りながら選手をケアしてくれているのですが、近江が好きすぎて今は彦根市の病院に勤務するほどです。平日も仕事が終わってから寮に来て、選手の身体のケアをしてくれています。みんな自分の名を挙げたいといった欲など全くなく、ただ選手たちを何とかしてあげたいという愛のある人ばかりです。そうでないとボランティアのような雇用形態のチームのことを見てはくれないでしょう。

プロ選手に大事な愛されるキャラクター

現在、1年生を見てくれている田中大輔くんは清水エスパルス時代の先輩です。僕が高校3年生の時に練習参加した際、大輔くんはすでにエスパルスに所属していました。当時は少し話した程度。僕がエスパルスに加入した翌年に契約満了でチームを離れたので、ほとんど接点はありませんでした。引退後は母校である滋賀の野洲高校で指導者を始め、岐阜県の西濃シティFCで中学生を指導しており、選手のスカウトに行った際に再会しました。

2022年、国体の滋賀県少年男子の部の監督をお願いされたのですが、自チームの活動があるため、簡単には引き受けられませんでした。チームを見てくれるヘッドコーチが、必要だと考えた際に頭に浮かんだのが大輔くんで、近江の1年生への指導と国体のヘッドコーチという立場を受けてくれました。

僕と同じで大輔くんもプロの世界では上手く行かなかったので、〝俺はこれで食っていくんだ〟という武器を選手に身に付けさせたいと考えている気がするのです。それは、サッカー選手としての現役を終えてからも、〝俺はこれで食っていくんだ〟という武器を見つける作業に繋がっていくのではないでしょうか。生き方を見ていると一度は何か一つのことを詰めてみろよと選手に説いている気がするのです。そんな話は一切、言ってくれませんが、僕は外から見ていてそう感じます。

大輔くんは元Jリーガーですが、選手たちに自分の現役時代の話は一切しません。僕自身も選手たちに自分の体験談を話すことはありません。選手の前で何を話しても良いのに、わざわざ自分の現役時代の話をするのはちょっと恥ずかしいからです。普段から本はよく読むので、本を通じて吸収した言葉を伝えることは多いです。

ただ、卒業した選手にはプロサッカー選手としての心構えについて話したことがあります。カマタマーレ讃岐に進んだ竹村俊二には自らの経験を踏まえ、「絶対にツンツンするな。愛される選手にならないといけない」とアドバイスしました。先輩や後輩だけでなく、スタッフ、もっと言えば洗濯してくれるおばちゃんや掃除してくれるおじちゃんにも愛される人でなければ、プロサッカー選手としてやっていけません。清水エスパルスに加入した頃の18歳だった僕にはできませんでした。

今は全国大会に出場すると必ず学校の事務室にお土産を持って行っています。事務室の方々が学校にかかってくる電話に対応してくださっているから、僕らがサッカーに専念できているからです。

プロサッカー選手として生きていくためには、そうした物事に目配り、気配りができることが大事ではないでしょうか。

プロになるような選手は、それまでに歩んできたサッカー選手としてのキャリアにおいてほとんど失敗をしていません。そのため、〝俺は無敵だ〟と意気揚々と挑むものの、プロの世界はそう甘くはありません。プロになって初めて、多くの選手が挫折を経験します。そこでツンツンしていると先輩たちは助けてはくれませんが、普段から可愛がられていれば、きっと手を差し伸べてくれるはずです。だからサッカー選手としてだけでなく、人生を歩んでいくためには可愛げはすごく大事な気がしています。

僕は昔からツンツンしていたわけではありません。少し年上の人には噛みついてしまいがちですが、年がだいぶ離れた人には敬意をもって接しているので、可愛がってくださいます。可愛がられるのは有難い限りです。

ずっと友だちでい続けたい学生コーチ

学生コーチとして関わってくれている松下東矢の存在も欠かせません。彼は2021年に卒業した近江高校のOBで、ジュビロ磐田U－15から来てくれました。これまで縁のなかったチームだったのですが、お父さんが「練習参加したい」とメールを送ってくださったのが入学のきっかけです。指導者を通して連絡してくださいと伝え、やりとりをしたのが清水エスパルス時代にチームメイトだった西野泰正さん。「どんな選手ですか？」と尋ねたら、「良い奴だよ」とお墨付きをくれました。

レギュラーメンバーならばきっと全国の強豪校から誘われているはずなので、ジュビロではサブだろうと思っていたのですが、主力メンバーの一人でした。背は小さいけれどもファイター系の戦える選手でした。

練習参加を経て、是非来て欲しいと思い、彼が通う静岡県浜松市の中学校に電車で訪問しました。面談を終えて、帰りはお父さんの車で最寄り駅まで送ってもらったのですが、道中で「インターハイには出ましたが、まだ選手権にも出ていないのに、なぜ近江高校なのですか？」と尋ねました。そうしたら「近江に行けば3年間のうち絶対に2回は全国に出られると思ったから息子に薦めた」と返ってきたのです。実際、彼が在籍中に2回全国大会に出ているので、お父さんの読みは間違っていませんでした。

彼が近江を選んだ理由として、ジュビロ時代にセンターバックを組んでいた鈴木海音（現・ジュビロ磐田）の存在も大きかったそうです。一緒にプレーして鈴木に頼っている自分に気付き、自らが切り拓いていける高校を選びたかったと口にしていました。中学3年生でそんなことを思える彼は素晴らしいですよね。

近江に入学して、1年生からAチームに加わりましたが、怪我が多くBチームで過ごす時期も少なくありませんでした。3年生の選手権予選も最初はベンチスタート。ただ、予選決勝の綾羽高校戦に向けて、スタートの選手でセットプレーを確認していた際、サブメンバーにはミニゲームさせていたのですが、その時、気迫あふれるプレーをしている東矢の姿が目に留まったのです。「これなら試合に出せる」と確信し、決勝の後半からギアを入れるために投入しました。その東矢の存在によってチームがすごく良くなり、2－0で勝利し、選手権初出場を決めることができました。

ただ、12月に入って、当時中学3年生だった金山耀太と西飛勇吾（ひゅうご）（現在は京都橘大学）を勧誘するために広島県に行っていた際に東矢から着信がありました。選手権予選後に、練習に参加できないほどの痛みがあるというので、病院に行かせたのですが、診察でサッカーができないほど大きな怪我が見つかったと言うのです。電話越しでもわかるほど号泣していたのを覚えています。次の日に両親が学校に来てくださり、「息子はもうサッカーができません」と涙を流される姿を見て、僕も涙しました。怪我でピッチに立てなくても東矢を絶対選手権に連れていきたかったので、登録メンバーから外しませんでした。

卒業後は愛知県の大学に進学したのですが、東矢にはスタッフとして近江に戻って来て欲しいと思っていました。彼が大学3年生になった昨年、愛知からは遠いので無理だろうと思いながらもダメ元で電話をしたら、快く引き受けてくれて、学生コーチとして選手を見てくれています。ある時「通うには遠いのに、なんで来てくれるの？」と尋ねたら、「監督への恩返しですよ」と言ってくれたのがとても嬉しくて。大学を卒業して就職するので、今年度限りでチームから離れるのですが、「ずっと友だちでいような」と返しました。

昨年も選手権期間中はずっとチームに帯同してくれて、選手にとって良いお兄ちゃん役になってくれました。近江のスタッフには、そうした良いお兄ちゃんが揃っています。良いお兄ちゃんたちと頑固おやじの僕によるチームと言えるかもしれません。

分析では対戦相手の歴史を知る

週末の試合に向けた分析をするのに、とにかく相手の試合をずっと見ています。ただ同じ試合を繰り返し何度も見るのではなく、新チームが始まってからの手に入る限りの試合映像を見返して、チームとしての歴史を追い掛けるイメージです。

例えば選手権で対戦するチームの分析をする際、春先の試合映像を見る意味はないように思えるかもしれません。直近の試合を見た方が役に立つと考える人がきっと多いと思うのですが、過去の試合も踏まえてそのチームの歴史を追い掛けると戦い方が見えてきます。選手交代もそうですし、相手選手の成長も分かると自ずとどういう戦い方をすればいいのかが見えてくるのです。

加えて、自分たちの紅白戦も必ず映像に撮っているので、試合直前まで気付けていない部分はないかをチェックしています。もはやサッカー好きの趣味と言っても過言ではありません。

先生向きではない指導者だからこそ

そもそも決まった時間に起きて、決まったルートで毎日学校へと行き、朝の朝礼で生徒に「おはようございます」と言っている自分に違和感しか覚えません。刺激的な日々を過ごしたい僕にとって先生という職業は不向きだと3日ぐらいで気付きました。

一方で先生をやっていて良かった点も感じています。もしサッカーの指導者だけをやっていたならば、一般の男子生徒や女子生徒と話す機会はきっとなかったはずです。生徒たちとのコミュニケーションはとても勉強になりました。

スポーツをやっている子どもも一般の生徒も根本は同じで、楽しいことには夢中になれます。それがスポーツなのか勉強なのか音楽なのかだけの違いで、高校時代に何かに夢中になれれば、きっと楽しい人生ではないでしょうか。楽しかったら熱中して、どうすればもっと上手くなれるか、もっと良くなれるか様々な物事を考えるはずです。

そうしたマインドは何事にも通じることで、生徒たちには熱中できる仕事を選んで欲しいと思います。

僕は保健体育と英語の授業を受け持っています。英語の授業は、教科書を使うのではなく、洋画の字幕を見て文法的に解説します。その方が覚えやすいですし、リスニングも兼ねています。英語だけでなく、ただ教えられただけの物はなかなか身に付きません。僕らは感性の高い作品や物事をいかに提供できるかが大事で、生徒自身が何を感じてどう行動するかで学習成果は変わっていくと思います。

英語を話せることも「道具」の一つであって、その「道具」を使って目的を達成して欲しいです。英語を身に付けることがゴールではありません。英語という切り口から映画を好きになり、社会にも興味を持ってくれると嬉しいです。

教員は人を育てることはできず、成長するためのきっかけを作っているだけに過ぎないと考えています。

9年間ずっと担任も務めていたのですが、3年間通して担任として接し続けた代のチームは強いことにも気付きました。サッカー部の選手を初めて受け持ったのは森雄大らがいた年で、彼らが3年生の2020年には選手権大会に初出場しました。サッカー部の担任を3年間続けた2度目は選手権で準優勝を果たした2023年のメンバーで、両方とも結果が出ているのは、偶然ではないと考えています。

担任をやっていると授業を受け持つ機会が増えます。普段の練習で見せる厳しい姿しか知らなかった選手が、授業中、ふざけている僕の姿を目の当たりにして、「監督ってちょっといい加減な人なんだ」と気付きます。僕という人間を知ってもらった結果、親近感が湧いてのびのびとプレーしやすくなり、結果が出ているのではないでしょうか。

監督と選手という関係だからといって、威厳を保ちたいとは思いません。グラウンドから離れれば、気さくに話したいと考えています。

指導をするうちに気付いた伝え方の重要性

選手はちょっと生意気なぐらいが良いと思います。指導者に言われたことにただ従っているだけで、自分の頭で考えていないような選手ではいけません。寮生活のように完全に閉ざされた空間で3年間を過ごすなら指導者の言われた通りで良いかもしれません。ただ、近江のように通いの選手が大半のチームだと親の意向も入るため、指導者のトップダウンだけでは上手く行かない気がしています。

また、大学生は指導者からの言葉に上乗せができますし、別の切り口からも物事を考えることができます。しかしながら、精神的に未熟な高校生は言われた事が全てになってしまいがちです。選手としても言われたことをやっている方が楽ですし、指導者としても選手が従ってくれた方が楽です。1期生に対しては俺の言うことを聞けというスタンスで接していましたが、負けを重ねるうちに徐々に変化していきました。微調整していったというのでしょうか。

選手が言われた通りに動くだけでなく、プラスアルファの要素を自らで足して欲しいので、ここ最近は口酸っぱく言わなくなりました。僕自身もベンチで〝近江の選手はどんなプレーをしてくれるのだろう〟とワクワクしたいというのが今の考え方です。

以前はその場で言いたいことだけを言って、最終的に選手にどう響いて、どうなるかまで考えられていなかった気がします。今も思ったことを言っているのは変わらないのですが、いつ言うかを考えるようになりました。いつ言うか、どう言うか。熟成することで言葉は広げられますし、一旦言葉を置くことで伝え方も考えます。

一方で暴れるべき時には暴れなければいけないとも感じていて、感情のボルテージが一番高い時に高いまま選手に伝えることもあります。

2023年度でいえば、インターハイの初戦で負けた時は選手の感情が高ぶっている時にあえて感情を煽ぶる言葉をその場で伝えました。

バスで宿舎に帰り、部屋に集めたのですが、選手の感情のボルテージを冷ましたつもりでいても、高いままでした。僕自身も気持ちが高ぶったままでした。彼らの顔を見た瞬間に応援してくれる親や家族など選手のいろんな背景が見えてきて、涙が流れたので様々な思いを伝えました。

選手に思いを伝える時にはいろんな言葉や表現を使える指導者でありたいと常に思っています。一つの物事を多方面から見ることができて、多方面から言葉を選べる指導者でありたいです。

夢があるから頑張れる

日本では選手生活を終えることを引退と評されますが、いろんな形でサッカーに携わっている限りは引退ではないと思うのです。例え選手としてのキャリアを終えても、サッカーを好きでいてくれたらうれしいです。見るのが好き、指導するのが好きでも良いじゃないですか。そのためには高校の間でサッカーを大好きになって欲しいです。ただ、1回大嫌いになった方が大好きになる気がしています。意味合いは違うかもしれませんが、モーニング娘。の歌にも「大嫌い！大嫌い！大好き！」という歌詞の曲がありますが、まさにその通りだと思います。

例えば、将来プロを目指して高校へ入学してきた多くの選手は、自分よりレベルが上の選手がいる現実に直面するはずです。それでも上手くなりたいと思うから葛藤し、サッカーや自分と向き合うから嫌いになるような気がするのです。そこから、もう一度好きになることができれば、サッカーへの愛は本物でしょう。僕自身、ドイツに行って現役引退を決めた時はサッカーが本当に嫌いでしたが、今は大好きです。

一方で高校サッカーには選手権やインターハイという一つのゴールがあります。〝高校サッカーからの引退〟という危機感によって頑張れる側面はあるでしょう。実際、高校3年生になってから著しく成長する選手をこれまで数多く見てきました。

僕らの現役時代は高校3年生の4月になると選手権という終わりが見えていますが、今の子どもたちは終わりが上手くイメージできていない気がしています。選手権という半年以上先のゴールではなく、1か月単位や1週間単位の目標設定が必要で、具体的に見える所にしか飛びつけません。ステージごとにゴールがあるゲームをやり過ぎていることが原因かもしれません。なので、いかに身近な達成感を味合わせながら、選手権という遠くにあるゴールに向かわせるかが大事だと考えています。

そのためにサッカーノートに書かせるわけではありませんが、個別に話をしてそれぞれの身近な目標を設定させています。僕自身も目標は具体的な方が良いのか、抽象的な方にしておいて選手自身が見つける方が良いのか今でも迷っています。

レギュラーになるという身近な目標から先に膨らませることができれば良いのですが、達成して終わりになる可能性もあります。目標は抽象的かつ大胆であって欲しいです。〝インターハイ予選で暴れてやる〟みたいな方が良いかもしれません。目標というと堅く感じますが、そうした夢がある方が、選手自身が動けるでしょう。

古から学ぶことの大切さ

就任した当初は、全国大会で結果を残した県内のチーム、草津東高校や野洲高校、守山北高校にはどんな伝統があり、今はどうなっているかを知るためによく練習を見に行っていました。

僕の中では、古から学ぶのは指導者としてやっていく中で大事にしているテーマです。

特に戦術にはサイクルがあり、新しい物が生まれれば過去に流行った戦術にまた戻ることもあります。関西学院大学を指導し始めた頃は時間がたくさんあったので、現代サッカーだけでなく、アリゴ・サッキ（元イタリア代表監督）のゾーンプレスなどクラシックな試合もたくさん目を通しました。

国見高校、長崎総合科学大学付属高校を指導された故・小嶺忠敏先生はよくサッカーの話をしてくださいました。面識はなかったのですが、近江高校を指導し始めた2年目ごろに突然「長崎の小嶺です。練習試合をしてくれませんか」と電話がかかってきたことが縁の始まりでした。そこから、インターハイが終わった時期によくグラウンドに立ち寄っていただき、4回ほど練習試合をさせてもらいました。

最後に来られた際は午後から練習試合を組んでいたのですが、「練習をしたいのだけど、午前中はグラウンド空いているか？」と言われました。普段小嶺先生がどんな練習をして、どう指導をされているのか勉強したかったので、スケジュールを調整して快諾し、練習を見させてもらったのですが、その日はずっとシュート練習をされていました。

僕は小嶺先生が練習の何を見ているかを想像していました。一度練習を止めて選手に話しかけた言葉に耳を傾けたら、キックやボールスピードなど蹴る動作に対して指摘をされていました。コンビネーションからのシュート練習でしたが、そこがメインではなく、パスにしてもシュートにしても、サッカーは最後は〝蹴る〟スポーツなので、〝蹴る〟という動作が勝負を分けるのだと理解しました。そこが小嶺先生の勝負に対するこだわりだったのではないでしょうか。

選手へのアプローチはピッチ内だけに留まらない

選手を人間的に成長させるために、出来ることなら1か月ぐらい無人島で生活させたいのですが、実現させるのは簡単ではありません。

その代わりと言ってはなんですが、選手を「分析」、「広報」、「企画」、「メディカル」、「清掃」、「審判」、「応援」の7つに部署のいずれかに所属させ、それぞれの運営を行なう部署活動をチームの立ち上げから行なっています。

選手一人ひとりに役割があり、いろいろな角度からサッカーと向き合えますし、全員がチームに関わっている感覚も持つことができます。何よりサッカーの上手さは部署活動には関係ないことが大きかったと思います。サッカーの力でヒエラルキーが生まれるとチームは上手く機能しません。全員に発言権があって、カテゴリーに関係なくリーダーが出てくるのが部署活動の良さだと思っています。

こうした取り組みは、元々は関西学院大学でやっていましたが、当時からすごく良い試みだなと思っていました。総監督だった元日本代表監督・加茂周さんに大学サッカーの良さについて尋ねる機会があったのですが、「組織のトップになる経験は社会人になるとなかなかできない。それができるのが大学サッカーの良さだ」と返ってきて、膝を打ちました。

組織の大小はありますが、トップに立つ経験を18歳のうちにできれば尚更良いことだと思います。各部署のリーダーは、社会で言えば部長みたいな立場で、最終的には彼らのアイデアを受け入れるかは僕次第ですが、部署をまとめた経験は社会に出てもきっと生きるはずです。

部署活動の考え方はサッカーに似ていて、選手自身が言葉を膨らませないといけません。広報部が行なうSNSへの投稿が良い例です。投稿前に僕が確認しているのですが、何も考えずに提出した時などには「テーマは何なの？　この投稿で何を伝えたいの？」と問いかけます。そのようなやり取りによって選手は考える習慣が身に付き、広報という言葉を膨らませて、より良いアイデアを出そうとするでしょう。そうして考え方が整理できるようになるとサッカーにも生きてくると考えています。

選手の感情を豊かにするためには、心を揺さぶらないといけません。選手たちにはサッカー以外の本物にも触れて刺激を受け、何か気付きを得て欲しいと考え、高校時代にレスリングで日本一になった方や飲食業で成功した方、Ｊリーグの新人研修で講師を務められた上田大介さん（現在はＪＯＣ）などをお呼びして講演会を開いてきました。他にも映画を見せるなど様々なアプローチを試みましたが、選手に何か気付きを与えることは決して簡単ではありません。１００人以上の部員がいて、全員が気付かなくても良いと思っています。数名でも良いので、何か変わるきっかけになって欲しいと考え、取り組みを続けています。

指導者に言い返すエネルギーがサッカー選手には必要

僕に対して言い返してくれる選手を求めています。今年のチームには久しぶりに言い返してくれる選手がいます。

その選手は練習で上手く行かない時に「雰囲気が大事だぞ」と声を出していたのですが、僕は「そんなことを言っているから甘いんだ。馴れ合いではいけないぞ」と激を飛ばしました。そうすると練習終わりに「なぜ、あんなことを言うのですか？　雰囲気は大事じゃないですか」と僕に対して言うのです。その場では3倍ぐらいの勢いで言い返しましたが、後にスタッフ同士で「言い返してくるアイツは良い」と話しました。語尾を強めながらも「こうじゃないですか」という彼の伝え方が、僕は好きでした。感情のまま怒りを伝えてくる選手も嫌いではありませんが、提案しようとしている姿勢が素晴らしいと感じました。

ただ言われたことに従っているだけの選手はあまり好きではありません。自らが何かを生み出してやろうとギラギラしている選手が大好きなので、そうした選手が一人でも多く出てきて欲しいです。

求める選手の素質を考えると、サッカー選手であるからには多少ヤンチャなぐらいの性格でも良いと思っています。そうは思っているのですが、手のかかる選手との付き合い方は苦手といいますか、もっと上手い人はたくさんいると思います。指導者として、未熟なのでしょうね。

ちょっとヤンチャな選手を何とかしたいと思って向き合っていますが、上手く行かないことも多いのですごく難しいです。クラブとしての確固たるスタンスが築けていれば、ヤンチャな一面を認めつつも、「それはうちのクラブとして認められない」と指導できますが、僕自身もそこまでには至っていないからだと思います。

後発のチームだから意識したSNSとメディアでの発信

近江は後発のチームなので世間にどう見ていただくかを意識し、就任した頃からSNSを活用したブランディングに取り組んできました。しっかりサッカーに取り組んでいる姿、本気でサッカーと向き合っている姿を見せることで、近江高校に来てもらえたら成長できると示したかったのです。それなので、練習試合の記録も全カテゴリー掲載してきましたし、ピッチ外での取り組みも余すことなく発信してきました。今では多くのチームがSNSを使って積極的に発信していますが、他のチームよりもそうした取り組みは早かったと思います。

最初はTwitter（現X）からスタートし、途中からはFacebookとInstagramも活用し始めました。今ではTikTokを始め、様々なSNSがありますが、極力手を広げすぎないようにしています。中途半端に取り組んでしまうと、どのSNSを誰が見ているかを把握できず、発信する意味が薄れてしまいます。闇雲に発信するのではなく、見てくれる層に応じたアプローチをすることで、チームのブランディングが高まると考えています。

利用者の年齢層が高く、各年代の指導者に見てもらいやすいFacebookは僕が試合の感想などを投稿しています。Xは部署活動の一環として選手が主体となって発信しており、チームに興味を持ってもらうきっかけになっています。

SNSは選手に来てもらうための入り口だと思っています。そのためSNSで興味を持って練習会などに参加してもらった時にどうチームを見てもらうかが大事になってきます。来てくれた選手にどんな体験をさせたらベストなのかを個別で考え、各選手に応じたカテゴリーに混ざって練習参加してもらいます。上手い選手だから、評判の良い選手だからと言ってAチームに入ってもらうわけではありません。

メディアに対してどう発信していくかも考えています。2023年度の選手権は多くの人に近江高校を知ってもらう格好の機会でもあったので、言葉選びは意識していました。

メディアによる発信によって、それまで近江のことを知らなかった人の心を動かし、多くの人たちを巻き込み、応援してもらえる雰囲気を作りたかったのです。かといって、媚びを売ってメディアに乗ろうとしても見透かされてしまうので、塩梅が大事かもしれません。素の自分に近い状態で話した結果、多くの人に興味を持ってもらえて良かったです。

高校サッカーは誰かを感動させることができるスポーツ

一つ一つのプレーにも感情を乗せて欲しいと考えています。プレーに上乗せするものがあるから、見ている人が感動すると思うのです。所詮、僕らはアマチュアのチームで技術的に見たらJリーグのアカデミー選手の方が上手い。大学やJリーグなどもっと上のレベルもある中、アマチュアサッカーである高校サッカーになぜあれだけの人が集まるかといえば、プレーに気持ちが乗っているからだと思うのです。決して、観客を魅了させるためにプレーしているわけではありませんが、そうした機会があると選手は自覚して高校サッカーに取り組むべきです。

ただ学校生活を送っているだけでは誰かを感動させたり、夢を与えたりする機会はそう多くありません。でも、高校サッカーに携わっているとそうした機会があると選手権で分かりました。

また、今年に入ってからは小学生を対象にしたサッカースクールを始めたのですが、選手権の決勝で同点ゴールを決めた山本諒が顔を出すと子どもたちがとても喜んでくれます。

子どもに夢を与えられる高校生はそうそういません。子どもたちが近江の選手を見て、目をキラキラ輝かせている姿を見ているとサッカースクールを開いて良かったと思えました。

子どもたちの存在は選手の刺激にもなっており、夢を与える立場なのに苦しそうにしてはいけないと頑張れるはずです。選手には必死になってワクワクしながらサッカーに取り組んで欲しいと思っています。選手権で準優勝した代はワクワク感をサッカーに出せていたから、見た人たちが「すごい」と言ってくれたのだと思うのです。

6

選手権準優勝後のチーム作り

OHMI FOOTBALL CLUB
Boys Be Pirates!

例年以上に意識した選手への接し方

２０２４年度のチーム作りは決して簡単ではありませんでした。選手権の決勝まで勝ち上れるとは想像してもいなかったので、新チームのスタートもかなりバタバタでした。

その間の練習と1月13日から始まる新人戦はコーチの田中大輔くんに指揮を執ってもらい、僕は練習と試合を客観的に見ながら、今年のチームはどんなカラーが出せるのか思考を巡らせようと考えていました。選手権での勝ち上がりによってほとんど練習ができない状態でも、大輔くんが新人戦を優勝まで導いてくれたので新チームとして良いスタートが切れました。

今年は苦しい一年になると分かっていたので、ちゃんとチームを作ろうと思っていました。新人戦が終わったぐらいから、ミーティングを繰り返し、組織をどう作るかを伝えてきました。選手にはハッキリ言いました。選手権のメンバーに入っていた3年生はすごくしっかりしていたけど、組織全体を見ればそうでもなかった。役職の仕事や各カテゴリーの活動を考えると、パーフェクトではなかったと。

組織としてパーフェクトだったのは2022年の代。プリンスリーグの前期は9位で降格争いをしていましたし、インターハイにも出られなかったのですが、地味な仕事でもコツコツ頑張れる選手が揃っていました。目指すべきは彼らの姿で、今年は3年生が少ないこともあり、一人ひとりが主体性を持ちながらしっかりとした組織を作ろうと考えていました。

2023年度のチームは1年生、2年生の頃から試合に出ている選手が多かったのですが、今年の3年生はAチームを経験している選手すら少ないことが悩みでもありました。Aチームにいると、例えレギュラーで試合に出られなくても、普段から100人以上いる部員の思いを背負いながらプレーする経験ができます。そして何よりも、理不尽な指導も多い僕のトレーニングに対する免疫も付いていきます。経験値の低い今年の3年生たちは、そうしたいろんなものを背負いながらプレーする難しさを1年で体験しなければならないのは大変だと思っていました。

選手権での結果もあるので、最初はきっと注目はされるけれども、昨年のチームを追い求めてはいけないと選手には言っていました。今年は今年でチームを作っていこう、面白いサッカーをしていこうと言っていたのですが、あまりにも何も背負わない、昨年の成績がなかったことになっているかのように振る舞う選手たちに歯がゆさを感じていたのも事実です。

練習での発見が選手の成長に繋がっていく

練習でも例年との違いを感じていました。近江のトレーニングはオーガナイズだけを決めて、どんな現象が起こるかを見ます。僕としては、こういうことが起きるだろう、選手はこういう思考を巡らせるだろうと想定しているのですが、トレーニングをしても全く答えが出ない日々が続きました。選手が頑張ってくれているのは分かるのですが、何も発見できないまま練習が終わると選手としても、チームとしても成長できません。

昨年の選手は発見が多かったですし、森雄大がいた2020年のチームや、1期生の時もトレーニングの中から手応えが見いだせる選手が揃っていました。選手自身の素質もありますが、今年に関しては選手同士のグループワークが上手く行っていないようにも感じていました。決して仲が悪いわけではないのですが、活発な議論ができないのが課題だと感じていました。

チームが上手く行かなくてもプリンスリーグ関西1部には残留しなければいけません。チームの歴史を止めないためにも、今年は相手チームの試合映像をこれまで以上に見返して、毎週末の試合に挑んでいました。相手を徹底的に分析して、嫌がるサッカーをしてきた成果が出た一方、自分たちがやりたいサッカーもあったので、擦り合わせの作業がすごく難しいと感じた1年でした。

それに僕が「このサッカーで行こう」と選手に押し付けても上手く行かなかった時の跳ね返りも大きいし、勝って得られるものも少ない。下級生の頃にAチームを経験した選手が少なかったので、選手自身に責任を背負わせなければいけない。そのためにはある程度自分たちでやっている感覚も出したいと思っていました。結果的には夏のインターハイでは全国に行けましたが、匙(さじ)加減が難しかったです。

インターハイでは思い切って、2年生を多く起用し、選手の成長を感じる一方で夏休み以降が上手く上昇気流に乗れず苦しみました。

夏の中断期間があけ、プリンスリーグ再開後、初戦のガンバ大阪ユース戦は2点先行される展開を強いられながらも後半に入ってから立て直し、同点まで追い付いたのですが、3点目が奪えず引き分け。次節の興國高校戦もアディショナルタイムにPKで失点し、引き分け。ここで勝っていれば、チームの流れが違っていた気がします。我ながらよくプリンスリーグ関西1部に残留できたと思います。10月に入って、履正社高校（大阪）に5－0で勝ち、残留をほぼ確実にした際は心底ホッとしました。

人間的な選手と野性的な選手のバランスがチームカラーになる

インターハイ予選を機に2年生の出場機会が増えた一方で、物足りなさも感じていました。2年生たちは良いものは持っているのですが、3年生がいるとつい頼まってしまう。遠慮せずに、上級生のエースFW山本諒に対しても要求すべきだと選手には伝えました。

3年生は本能のままプレーする野性的な選手が多いので、2年生がきちんと声を掛

2023年度のチームでいえばMF西飛勇吾（上）は人間的な選手、FW小山真尋（下）は本能なままプレーする野性的な選手だった

けて3年生をコントロールできなければチームが上手く機能しません。今年に入ってからのミーティングでも「自分は人間的な選手か野性的な選手のどちらか考えてみよう」と問いかけてみました。

どちらも良し悪しがあるのですが、結果が出る年はきちんと考えてプレーできる人間的な選手が多い気がします。人間的な選手と野性的な選手との割合がおおよそ7対3ぐらいでしょうか。

2023年度のチームでいえば金山耀太、山門立侑、西飛勇吾は人間的な選手。野性的な選手は浅井晴孔（現在はびわこ成蹊スポーツ大学）、小山真尋で、鵜戸瑛士や西村想大（現在は京都産業大学）は野性的なプレーと人間的なプレーが共存するタイプの選手でした。

野性的な選手ばかりでもダメですし、かといって人間的な選手ばかりでもチームは上手く機能しません。近江高校に就任した当初は、人間的な選手を育てようとしか考えていなかったから、結果が出なかった気がします。野性的な選手の良さを認められず、難しくてもちゃんと考えてプレーできる選手に育てようとしていたのですが、試合で勝つためには僕ら指導者の想定を上回るプレーができる野性的な選手の存在が欠かせないと気付きました。そこからは毎年コーヒーと同じように丁度いい配分を見つけようとブレンドを試行錯誤してきました。

選手をどう伸ばそうと思って指導するかが大事で、野性的な選手を人間的な選手に変えようと思って伸ばすのか、野性的な選手を進化させようと思って指導するかによって選手の成長が変わってきます。

進化させようとするなら、より野性味を引き出すために「もっと感じろ」、「匂え」、「吠えろ」、「潜れ」といった言葉を選んだ方が良いでしょう。戦術的な細かい話をしても、そう上手く行きません。難しいことにチャレンジするより、選手の良さを出した方が良いし、その方が選手もきっと楽しいと思います。

人間的な選手と野性的な選手の割合が、結果的にチームカラーに繋がるのではないでしょうか。野性的な選手が多い年の方が強いチームもあると思うのですが、近江の場合は人間的な選手7対野性的な選手3ぐらいがベスト。今年は3年生に野性的な選手が多く、3年生を中心にメンバーを組むと野性的な選手が多くなるので、2年生がより人間的な選手として成長できるかが鍵だと考えていました。ただ、人間的な3年生が野性的な2年生をコントロールできても、人間的な2年生が野性的な3年生をコントロールするのは簡単ではありません。

今年の代の特徴を生かすのか、信念を貫くのか

上手く行かない時期が続いていたので、思い切って選手配分を変えてこれまでとは違う野性的なチームを作ろうと考えたこともありました。選手の野性的なプレーを引き出すために「最短でゴールを目指そう」とトレーニングで声を掛け、サッカーの優先順位について話したりもしたのですが、選手たちの中にはこれまでやってきたサッカーへのこだわりがあるのか、なかなか針を振り切れない。〝近江高校とは〟という固定概念に捕らわれすぎている気がします。

全国大会で「今年のサッカーは昨年と変えました。みなさんも飽きてきていたでしょ？」と笑って言えるぐらいがちょうどよいと思うのですが、マイナーチェンジするのは簡単ではありません。監督として野洲高校を選手権優勝に導いた山本佳司さんに話を聞いても、「その年に応じた色を出していた」とおっしゃいます。実際、ドリブルとパスを交えて自陣から丁寧に繋ぐイメージの強い野洲でも、年度によっては縦に速いサッカーを打ち出す年もありました。

指導者が「今年の色を出す」という表現をするのは勝つ確率が高まるからであって、言葉には裏があって指導者の本心とは限りません。合理的ではあると思うのですが、たとえ県予選を勝ち抜いても全国では結果が出ないかもしれません。

それなら自分たちのスタイルを貫き、5年間は結果が出なくても、6年目に日本一になった方が良いかもしれないとも思うのです。結果を残し続けるのは素晴らしいことではあるのですが、上手く行かなくても信念を貫き通して結果を掴み取るのが良いというサッカー界の風潮も感じています。僕のスタンスはどちらかといえば後者ですが、とは言っても毎年3年生は引退していくので、彼らのためにも全国大会には行かなければいけないとも感じています。あまりスタイルを貫き通すことに固執しすぎてしまうと、負けのリスクが高まるので毎年葛藤しています。

もし選手に4年目、5年目もあるなら、自分たちの色を出し続ける選択をし続けていると思います。3年間という限られた期限との戦いの中で、指導する高校サッカーの難しさを今でも感じています。

前回大会でも活躍した山本諒が万全の状態ではなかったのも痛かったが、負けたのは選手を伸ばしきれなかった指導者の責任

チームをぐちゃぐちゃにしなかった後悔

在学中は選手とはどこか一線を画していますが、卒業するとすごく仲良くなります。なんならOBに電話相談をするぐらいです。選手権予選前も「選手が腹立つ」と愚痴っていたら、「大丈夫ですよ。前田監督はこの時期、いつも怒っていますから」と宥められました（笑）。

どうすれば選手が躍動できるか、チームマネジメントの専門家に話を聞いて、選手権予選前には学校に泊まって1泊2日の合宿を行ないました。最初に1時間練習をしてから、90分間ぶっ通しのゲームを行ないました。10対11の数的不利な状況をあえて作り、上手くいかない状況を打開する策を見つけてもらうのが狙いでした。前週のプリンスリーグ、京都共栄高校戦で上手く行かないまま負けた経験を踏まえたシチュエーションでしたが、結局答えは出ませんでした。

不安を抱えたまま選手権予選に入り、何とかトーナメントを勝ち上がることができたのですが、決勝は草津東高校に完敗でした。

主力に怪我人が多く出てしまい、最後までベストメンバーを組めませんでした。昨年の選手権でも活躍したエース山本諒は大会前に腰椎分離症になったため、選手権予選の序盤、一切使えませんでした。決勝に向けてコンディションを上げようと準決勝の八幡商業高校戦で後半から起用したのですが、腰を庇ってかなり酷い捻挫をしてしまいました。決勝は残り10分で起用したのですが、持ち味を出せる状態ではなかったです。

また中盤の要・廣瀬脩斗は準決勝終わりの練習で、足が痛いと言うので診てみたらパンパンに腫れていて、とても起用できる状態ではありませんでした。

昨年の選手権決勝を経験している2人がいない状態で戦うのは簡単ではありません。前半を捨てて、後半勝負に持ち込もうと思っていたのですが、前半に1失点。0

－1でもOKだったのですが、失点に浮足立った結果PKを与えるピンチもありました。後半に入ってからは攻撃に出たところをカウンターで2発仕留められ、0－3で試合を終えました。改めて選手権特有の難しさを感じた試合でした。

この1年はインターハイ、選手権ともに全国大会出場を逃した2021年のチームを意識していました。2021年は何とかプリンスリーグ昇格は決めたのですが、チームがぐちゃぐちゃになったまま一年が終わったことを悔やんでいました。上手く行った年の翌年は簡単ではありません。今年も選手を伸ばすために昨年と同じく発見のあるトレーニングに取り組んでいたのですが、なかなか選手自身が答えを見つけられず、結果的にプリンスリーグ関西1部に残留するため、再現性のあるトレーニングを繰り返し行いました。チーム作りに注力した1年と言えるかもしれません。

今年度は、2021年の反省を生かして選手に寄り添えた面もありますが、選手を伸ばし切れなかった悔しさもあります。3年生のカラーを大事にするとチームは崩れませんが、飛びぬけたチームになれないとも気付きました。どこかのタイミングで、ぐちゃぐちゃにかき混ぜても良かったと反省しています。

今年のチームはプリンスリーグでも不思議な勝ち方をしていましたし、インターハイにも出ることができました。3年生は真面目に頑張れる子たちなので徳を積んでいたのだと思いますが、真面目だけではサッカーは勝てません。人間としてのパワーがないとここぞという場面では勝つことはできないのです。選手の能力を引き出すためにいろんなスイッチを押したのですが、僕の力不足を感じました。選手が力を出し切れなかったのは指導者の責任です。

来年は近江高校の監督になってちょうど10年目。就任したばかりの頃は3年で全国大会出場、10年で日本一と公言していたので、何とか笑顔で終われるように頑張ります。

Special TALK BATTLE

TAKANORI NISHIKAWA
SHINJI OKAZAKI

前田監督にしかできない指導、
近江高校にしかできない
サッカーがあると思うので
それを見つけて、どんどん伸ばしていって欲しい

（にしかわ・たかのり）

西川貴教

滋賀ふるさと観光大使を務め、2009年からは「音楽を通じて地元に恩返しがしたい」という思いから琵琶湖畔で「イナズマロック フェス」を開催するなど、地元・滋賀の魅力発信に尽力している西川貴教。“音楽”と“サッカー”、フィールドは違うが、共通するのは地元・滋賀、未来ある子どもたちへの想い。そんな二人によるスペシャル対談。

前田　近江高校の吹奏楽部とよく共演して頂いていますが、交流はどんなきっかけで生まれたのでしょうか?

西川　近年、近江高校の野球部が県大会はもちろんですが、甲子園でも活躍されています。普段、僕は東京に拠点があるので、県大会は結果しかわからないのですが、甲子園になると中継があるので、地元・滋賀県のみなさんが頑張っている姿を見るのが楽しみで。画面越しに応援していると、吹奏楽部のみなさんが僕の曲を応援に使ってくださっていることを知り、交流が始まりました。

前田　今年は西川さんが主催されている「イナズマロック フェス」に呼んでいただき、初日のファンファーレを担当させてもらいました。

西川　昨年、一昨年もＮＨＫなどの番組で、吹奏楽部のみなさんと出演させていただきました。滋賀県を色んな取り組みで盛り上げていく地方創生の番組をやっていた際にも交流はありました。以前から「イナズマロック フェス」にも出演してほしいと思いながら、近年はコロナ禍もあり、生徒のみなさんや親御さんの健康面を考慮し、お招きできずにいました。ただ、ようやくいろんな制限がなくなったので、学校関係者のみなさんにご協力いただき、参加いただけることになりました。本当はこの春に卒業されたOBやOGの皆さんにも来てもらいたかったんですが、それが叶わなかったのが、今回一つだけ寂しい部分でした。

前田　昨年度の選手権ではSNSでサッカー部を応援する投稿もしてもらい、僕らの励みになりました。こうやって滋賀県を愛してくださっているのも嬉しかったです。僕自身、学生時代に西川さんの曲をよく聴かせてもらっていました。僕も名前がタカノリなので、カラオケで「HOT LIMIT」を歌うときに「タカノリ的にもオールオッケー!」と叫んでました。

西川　ありがとうございます(笑)。地方創生をやっていた番組で近江高校に伺った際、選手のみなさんと触れ合う機会があり、サッカー部も身近に感じていました。都市部にいると私立の高校は珍しくないのですが、滋賀県に私立高校は数えるほどしかありません。そうした中で、近江高校は生徒みんなの個性を伸ばす教育方針を徹底されていますし、スポーツの環境も整っています。彦根市に行くと大きなグラウンドがあって、いつも驚かされます。そうしたベースがあって、選手権での躍進に繋がった気がしています。もちろん県内の生徒にはみんな頑張ってもらいたいのですが、サッカー部のように全国大会で結果を残すと、僕も含めた滋賀県に所縁のあるみなさんの励みになっていると思います。

前田 西川さんが学生だった頃の近江高校の印象はどうだったのでしょうか?

西川 僕らがいた頃の近江高校のイメージはバキバキのヤンキー校でしたね(笑)。印象に残っているのは制服。僕が通った野洲高校は、いわゆる詰襟だったのですが、近江高校は独特な深い紺の色合いで、県立の学校との違いを感じていました。県内の生徒だけでなく京都から電車に乗って登校している生徒も多く、県内でありながら県外の空気を感じられる高校なんだろうと認識していました。

前田 西川さん、僕は虎姫町[※1]の出身なんです。

西川 そうなんですか!

※1 現在は合併により長浜市に編入

前田　ただ、当時は地元にサッカーが強い高校がなく、草津東高校に進学しました。そこから30歳になり、これからの人生をどうするか考えた際、いろんな高校から話をいただいたのですが、子どもたちが地元から全国大会を目指せる高校を作りたいという思いで、湖北にある近江高校への赴任を決めました。

西川　うちの親父も同じ湖北にあった東浅井郡の出身です。叔父は県の教育委員会に務めており、虎姫高校でも働いていました。湖北には野球で注目される高校はあっても、サッカーで勝ち上がる高校は少なかったと思うので、そんな中でも頑張られたのはさすがです。

前田　西川さんも2009年から「イナズマロック フェス」を開催されていますが、滋賀を盛り上げたいという気持ちが強かったのでしょうか?

西川　滋賀県との交流が増えるにあたって、何から盛り上げようかと考えるところからスタートし、まずは僕自身が今すぐできるエンターテインメントから始めました。それに県外の人が滋賀県に来てもらえる場を作りたいとも考えていました。近江高校では生徒がのびのびと頑張っている姿を見て、県外の生徒が入学してくれていると思いますが、エンターテインメントはそうではありません。僕らがいた時代は映画や音楽など感度の高い作品に触れようと思うと、県外に出るしかなかったんです。滋賀県は西日本でも有数の人口増加率を誇る県なのですが、法人税は多くありません。ベッドタウン化が進んでいて、人口は増えていますが、事業者や就労機会はまだまだ少ないのが現実です。滋賀の良さを知ってもらうために、一度来てもらうきっかけ作りがしたかった。都市部から滋賀に来ていただく、人の逆流を目指したのがイベントを企画した狙いでした。

前田　近江高校のサッカー部も県外からの生徒に刺激をもらっています。強化を始めた当初の部員は4人だけでした。県外の選手と県内の選手を合わせなければいけないと思い、まず先に動いたのは県外の選手の勧誘でした。ただ、今の高校サッカー界でいうと子どもたちは県内、県外で進路を考えていないので、そのチームに魅力があるかどうかという部分にいきつきます。それなので、いかに僕らが魅力的なサッカー部になるかを考えて、活動に取り組んでいます。

西川　全国的に活躍する部活があることで、入学を目指す生徒はどんどん増えてきているんじゃないですか？　ひと昔前は僕の母校である野洲高校も、元日本代表の乾貴士選手（清水エスパルス）がいた時代に全国優勝を果たしました。他府県のみなさんは「野洲に行ってみたい」、「野洲に入学したい」と言ってくださったのですが、蓋を開けてみたらただの県立高校。来た方はたいてい驚かれるのですが、魅力的な部活動の存在は学校を選ぶ際の大きな選択肢の一つになってくる気がしています。

前田　西川さん自身も「イナズマロック フェス」の魅力を高めて多くの人に足を運んでもらうため、細部にこだわられていると記事で拝見しました。本業のアーティスト活動をされる中での活動で意識されていることを知りたいです。

西川　近江高校サッカー部も創部されてから今に至るまで、大きな目標に向かうだけでなく、1個小さい目標を達成したら、次のまた違う目標に向かうステップバイステップの形で今があると思います。僕らも同じで毎年目標を掲げているのですが、そこでの反省や課題をきちんと出していくことが大事で、そうしたことをきちんと吸い上げて翌年の課題に変えていく。そうした作業を16年間、積み上げていく中で、地域との繋がりが深まり、よりスケールの大きなイベントになっていった気がしています。もちろん大きい目標も大事なのですが、いま目を向けていただいているみなさんに対して何ができるかをちゃんと考えていくことが大事だと思います。

以前からTV番組で共演するなど西川貴教と交流のあった近江高校吹奏楽部。今年は「イナズマロック フェス」に出演し、初日のファンファーレを担当した
© イナズマロック フェス 2024 実行委員会

前田　おっしゃる通り、高校サッカー部の監督としての仕事に通じる部分がある気がします。

西川　それぞれ別のところから来た専門職のみなさんを委員会としてまとめて、ゼロから作り上げていくのが僕の仕事だと思っています。ただ、滋賀県は観光大使の制度もなかったぐらい、観光への取り組みが進んでいない県でした。いわばサッカー未経験者のような人たちと一緒になって取り組んでも、県の職員は人事異動があるので何年かすれば取り組みから離れなければなりません。それでも、残ってくれた人たちが口伝えで、新しく来た人に「イナズマロック フェス」について教えて、ディスカッションをしてくださる。そうした繰り返しによって、地域のみなさんと一緒に作り上げていくイベントとして根付いていった気がしています。前田監督がゼロからチームを作り上げられたと知って、親近感を抱きました。

前田　西川さんはイベントをどのようにして積み上げられたのですか？　サッカーだと1年生で入学して、3年後どう育てるか時間は決まっているのですが、西川さんがどうやって「イナズマロック フェス」を積み上げていったのかがすごく気になりました。

西川　前田監督がサッカーを好きなのと同じで僕自身、単純にエンターテインメントが好きです。それに前田監督は生徒の成長や学校、地域も好きではないですか？僕も同じで、そうした気持ちがなかったら、「イナズマロック フェス」は続かなかったと思います。仕事として利益だけを考えていたら、儲からないと判断して3年目にやめていたかもしれません。包み隠さず言うと、5年目が終わるまで収支は合わず、毎回僕の会社からの持ち出しで開催していました。

前田　アーティストとしてのスケジュールも割いて活動されていたでしょうし、大変ですよね。苦労もあったのではないでしょうか。

西川　始めた当初は周囲からのクレームも多かったです。前田監督もサッカー部の活動が忙しく、ご家族の方は「うちの旦那は何しているんだろう」、「こんなこと実現できると思っているのだろうか」と思いながらも熱意をくみ取り、理解してもらっていると思います。僕自身も同じように取り組みを理解してもらいながら、みんなと一緒に成果を共有すれば輪が広がっていくと信じていました。やったことがないことばかりで、できないかもしれないけど、「これはできたよね」と小さな目標の達成をちゃんと伝えてあげる。大きなイベントと比べると我々の取り組みは見劣りするかもしれませんが、「ここは凄く良かったよ」と言ってきました。それが結果的にはチケットエリアを侵食するぐらい大きなフリーエリア[※2]に発展しました。

前田　小さな目標の達成が大きな目標の達成に繋がっていくのですね。

西川　最初、フリーエリアは負債を大きくする一方でしたが、今はたくさんの事業者さんが来てくださっています。協賛金を頂くのではなく、事業者さんがそれぞれ得意な部分を発揮して、地域のみなさんが、そこで何かを発見する機会を作ることを目的にやってきた結果が、今に繋がっていると思います。

前田　西川さんは表現者として音楽を中心に周りを広げられているイメージがあるのですが、なぜこうした取り組みを始めようと思ったのでしょうか？　自分自身、これから先サッカーを中心にどう広げていくかを悩んでいます。

※2　「イナズマロック フェス」会場内に設置された地元のグルメを堪能できるフードエリアや子どもと一緒に楽しめるキッズエリア、今後期待のアーティストが見られるライブステージなど誰でも無料で楽しめるエリア

西川　みなさん「なんで西川はこんな活動しているんだろう」と思われていると思います（笑）。僕が会社を立ち上げたのは、1998年、28歳の時でした。ヘンテコな衣装を着て歌って踊っている頃に有限会社として法人化しました。大きなヒットがあっても世の中から忘れられていく人も多い中、自分の表現をどうやって残していくか、将来設計を考えたのがきっかけです。誰の協力も得ずにたった一人で会社を立ち上げたので、登記の書類も自らで貰いに行きました。銀行の担当者と話す際も、いつまで経っても本題に入らない。すると「西川さまとお会いできて良かったのですが、代表の方はいつお見えになるのでしょうか?」と言われるところからのスタートでした。

前田　そうしたところまで西川さんがやらなくても良かった気がします。

西川　実際、そうしたことを言われる機会も多かったです。当初はアーティストとして、表現者としての道を究めていこうと思っていましたが、会社に人がいないので、自らがコンサートの収支を見なければなりません。本来は踏み込まなくても良い部分も多く、例えば僕が制作やレーベルにリクエストすると「それはアーティストとしてのワガママですか?　会社の代表としての命令ですか?」とも聞かれました。区分けができないと捉えられて、冷遇されることも多かったです。ただ、今思えば結果的に誰も並んでいない列に早めに並ぶことができた気がしています。

前田　自ら全てをやってきたからこそ、今の西川さんがあると。

西川　ソロデビューした当時のレーベルは廃業寸前。独立する前にいた事務所も身の回りの全てをやってくれるのではなく、ギャランティーの大半を僕がもらえる代わりに〝自分で考えなさい〟というスタンスでした。なので、マネージャーは付いてくれますが、かばん持ちはしない。テレビ出演が増え、電車移動が大変になった際に相談しても「だったら君が車を買って、運転手を雇えば良い」と言われたぐらいです。そうするうちに人を雇うなら社労士さんが必要など、一つ一つの学びが繋がって、今がある。「どうすれば西川さんのようになれますか？」と後輩に聞かれることもありますが、「やめた方がいい。今の事務所で頑張りなさい」と返しています（笑）。

前田　苦労があって今があるため、同じようにしても上手く行くか分からないですよね。

西川　やりたいなら、僕は何でもノウハウは教えます。「イナズマロック フェス」も同じで、今はいろんな自治体が見学させて欲しいと言って足を運んでくださるのですが、いろんな条件が重ならないと同じようには行きません。自治体の協力もそうで、僕らは県から補助金は1円も受けていないのです。それは我々ができる範囲で取り組まないとイベントは続かないからです。その分、自分が頭を下げますし、何かあれば責任も取る。その覚悟があるかどうか。毎年の目標を立てること、そして起きたことに対して責任者として謝りに行くことが僕の唯一の仕事だと思っています。

前田　先ほど表現を残すという言葉をおっしゃいましたが、なぜ28歳の時にそう思ったのでしょうか? ちょうど僕が近江に来たのも30歳の時だったので、同じ年代で西川さんに何があって、独り立ちされたのか気になりました。

西川　最初のデビューで売れていたら、今の人生はなかった気がします。実は「T.M.Revolution」としてソロデビューする以前、20歳の頃にバンドでデビューしたのがアーティストとしてのキャリアのスタートでした。ただ、全くの鳴かず飛ばずで、あっという間に大人が手のひらを返していく姿を目の当たりにしましたし、収入がゼロにもなりました。分かりやすい挫折を経験したので、「T.M.Revolution」と

西川貴教主催の大型野外音楽フェス「イナズマロック フェス」。2009年にスタートし、いまや西日本最大級の野外音楽イベントとして毎年多くの音楽ファンを熱狂させている
© イナズマロック フェス 2024 実行委員会

してヒットを経験しても、浮かれていてはいけないと思えました。いつまで続くか分からないから、次をちゃんと考えておかなければいけないって。リスクヘッジというのでしょうか。

前田　上手く行っている時にそう思えるのは簡単ではない気がします。

西川　上手く行っている時にどんどん上のことを考えるのも大事だと思うのですが、ダメな時にどう対処するか、二の矢、三の矢を考えておくことが本当に大事。その考え方は台風や天候の不安だけでなく、熱中症の対策にも向き合わなければいけない野外イベントを開催する今に生きている気がします。随分回り道をしているのですが、結果的にやってきたこと、経験してきたことは全て無駄ではなかったと思います。

前田　僕も高校を卒業してすぐJリーグの舞台に入ったのですが、まったく試合に出られず2年でクビになりました。その後、シンガポールなどいろんな国を渡り歩いた時期も3年ぐらいありました。その時、先ほど西川さんがおっしゃったみたいに自分のリスクではないですが、自分がいかに価値のある人間になれるかを考えないといけないと思いました。そして、近江高校を強くすれば、自分の価値を高められるとも考えていました。

西川　プロアスリートのセカンドキャリアの支援も考えていかないといけませんね。一時は国を背負って戦っていながら、選手としてのキャリアが終わったら何のフォローがないのはすごく無責任な気がしています。人生で考えると我々も含め、華々しく持ち上げられるのは本当に一瞬。あっという間にシカバネになっていく。僕は常に思うのですが、今こうやって活動できているのは、数多ものシカバネの上に立っているから。だからこそ、中途半端なことをしてはいけないし、その自覚を持って人前に立たなければならないと思っています。

前田　音楽を軸にしながらも活動範囲を広げる際に意識されていることはありますか？　僕自身、近江高校で10年間監督をやって、ここからどうやって発展させていくか悩んでいます。

西川　音楽であれば、何となくやっと手を放していても上手く行く感覚が掴めました。ただ、舞台やドラマ、映画など、俳優仕事の話をいただいた際は、同じエンターテインメントの箱に見えても明確な敷居があるので、そこを跨いだ瞬間に一年生の気持ちで常にいなければいけないと思っています。「自分はこんな仕事を長い期間やっていました」という驕りを一回脱げるかが大事なんじゃないかと。「イナズマロック フェス」は今年で16年目ですが、「イナズマフードGPXL」は開催を始めてまだ10年足らず。始める前は「イナズマロック フェス」での経験を捨てて、「1からよろしくお願いします。地域のみなさんとこの度、新たなイベントを立ち上げました」と挨拶に回りました。分からないことは分からないで良いので、周囲から学べば良い。それに自分たちは現役で頑張っているつもりでも、この10年、20年で人々の意識はあまりにも変わっているので、驕りを捨てて物事と向き合わなければいけないと感じています。

前田　サッカーの指導者として子どもたちと接していても、意識の変化を感じます。

西川　子どもたちと間近で触れ合えるのは先生の良い点ですよね。前田監督の場合、指導者でありながら先生として教育的な立場もあると思います。教育として考えると「みんな平等」とか「競わせない」ことが大事とされていますが、学生生活を終えて、いずれ社会人になった瞬間にすごく競わされるようになります。成果や結果を求められて、自分の価値が数値や給与として露わになる。そうした競争の原理を伝えるのを先延ばしにしても良くない気がしているのです。だから、スポーツをやられている方々が人と比べられながらも結果を残さなければいけないというマインドを、学生のうちから鍛えられているのはすごく大きい気がします。

前田　サッカーというスポーツを通じて、卒業後の人生が豊かになってもらえると僕も嬉しいです。最後に西川さんから子どもたちへのアドバイス、そして近江高校サッカー部へメッセージをいただけるとありがたいです。

西川　今はありとあらゆる国のサッカーを見ることができますが、その中からセレクトしつつ、自分にしかできない物をちゃんと見極めていく作業が大事な気がしています。日本の教育方針は全部のパラメータを5にしていく作業だと、僕が子どもの頃に感じました。算数ができないから国語を頑張ろうではなく、全部の科目でAを取りなさいという教育ですが、僕自身を振り返ると得意な科目は全くなかった。でも、音楽だけは人よりもちょっとできて、それが伸びて、今ここにいるので子どもたちには得意なことを伸ばして欲しいです。前田監督ご自身も他の強豪校の取り組みが目に入ることもあると思いますが、前田監督にしかできない指導、前田監督と近江高校にしかできないサッカーがあると思うので、それを見つけて、どんどん伸ばしていって欲しいですね。そうして惹きつけられるサッカーをすれば、もっと地域のみなさんが近江高校を応援していただけるようになっていくと思うので、心から応援しています。

【PROFILE】
西川貴教
(にしかわ・たかのり)

1970年9月19日生まれ。滋賀県出身。1996年、ソロプロジェクト"T.M.Revolution"としてデビュー。歌手、声優、俳優、ラジオパーソナリティーなど幅広く活躍中。2008年、故郷である滋賀県から「滋賀ふるさと観光大使」に任命され、2009年より県初の大型野外音楽イベント「イナズマロック フェス」を主催、以降地元自治体の協力のもと毎年滋賀県にて開催している。ほかにも「イナズマフードGPXL」、「稲妻イグナイト」、「SHIGA KOMECON」など地元・滋賀への観光客の誘致と活性化を図ることを目的としたイベントを主催。2020年度滋賀県文化功労賞受賞。また滋賀県彦根市に本社がある㈱平和堂の特命GMも務めている。2024年11月、野洲市市民栄誉賞受賞。

リスクを冒さない人間が指導者として
「挑戦しろ」と選手に言うのは
違和感を覚えてしまう
言うからには自分が挑戦しなければいけない

岡崎慎司（おかざき・しんじ）

日本代表としてW杯に3度出場し、歴代3位となる50得点を記録、ヨーロッパの舞台でも長く活躍した後、現在指導者としてのキャリアをドイツでスタートさせた岡崎慎司。前田監督とは清水エスパルス時代の先輩後輩の間柄でもある。そんな二人に当時の思い出、指導者としての信念や苦労、これからの夢や目標などを語り合ってもらった。

岡崎　二人で話すとNGワードだらけになりますけど大丈夫ですか?（笑）　前田さんとの初めての出会いは、僕が清水エスパルスの練習に参加した時です。その時に前田さんのプレーを見て、ライバルだなと思いました。こんなことを言ったらダメですが、プロに入ったら上手い選手がたくさんいる中で、一番勝てそうだったのが前田さんでした（笑）。

前田　正直に言うよね（笑）。岡ちゃんと出会ったのは18歳の頃だから、しっかり話すのは20年ぶりぐらい?　俺はこれまでの活躍をすごく嬉しく思っていたよ。すごいな、ここまで行くんだ!って。出会った当時、岡ちゃんが模造紙に「日本代表になる」と書いて、寮に貼っていたっていうエピソードをよく高校生に話したりもするよ。夢は実現するんだと教えてもらった。当時、岡ちゃんはサテライトの試合でボランチやサイドバックをやらされてて、そこでも点を取ってたよね。あれがすごいなって。

岡崎　たくさん走って何とか食らい付いていました。僕が初めて練習生として清水エスパルスに参加した時、前田さんは怪我をしていましたよね。その後も怪我がちで、膝の痛みに悩みならプレーしていた印象が強いです。サッカー以上に印象が強いのは寮生活ですね。一緒によくウイニングイレブンをしていましたよね。僕も部屋が汚いのですが、前田さんの部屋は僕よりも汚い。みんなにプレーが似ていると言われていて、泥臭いタイプの選手がチームに2人いる印象でしたし、部屋の汚さでも似ていました（笑）。洗濯物の上に2人並んで座ってゲームしていました。目指していたわけではないですが、前田さんは自分に似ていて親近感を抱いていました。

前田 ライバル意識みたいなものは持ってくれていた？

岡崎 入った当初は同じフォワードでしたが、途中から僕のポジションが変わったので、ライバルという感覚はなかった気がします。そもそも外国人でマルキーニョスがいたし、韓国代表だったチョ・ジェジンもいました。日本人にも久保山由清さん（現・FC今治ヘッドコーチ）がいたので、レギュラー争いにすら絡めない。サテライトのチームでもフォワードで出ているのは前田さんで、僕は本職でのプレーすらままならない状態でした。

前田 なんでボランチやサイドバックで使われたんだろうね？ 性格的な部分もあるのかな。

岡崎 後になって当時、サテライトを見ていた田坂和昭さん（現・上武大学監督）に

高卒で清水エスパルスに加入。泥臭くゴールを狙う、闘志あふれるプレーでサポータに愛された

話を聞くと「コンバートされてもフォワードがやりたいという選手がほとんどだけど、お前はボランチを極めようとしていた」と教えてくれました。僕の記憶は改変されていて、ボランチをやっていてもずっとフォワードをやりたかったから、フォワードの気持ちを忘れずにプレーしているつもりでした。前田さんは天気が悪い時や、グラウンドが悪い時は誰よりもすごかったですよね？　みんな天気が悪いと「今日は前田の日だ」と言っていました。

前田　重馬場で輝くから（笑）。天気が悪かったおかげで入団テストに合格できたからね、俺は。岡ちゃんは引退してから自らが立ち上げたドイツのFCバサラ・マインツで監督を始めたけど、今はどんな感じ？

岡崎　今は指導者としての仕事とクラブの仕事と半々ぐらいです。経営をしているわけではないのですが、クラブのスポンサー対応もしなければいけませんので。監督をやってみて、僕自身はこれまで指導者に何かを求めたことがないと気付きました。僕は指導者に何かを言われるのは嫌いだったので、選手もあまり言って欲しくないだろうと思っていたのですが、みんなの考え方は全く違っていました。特にドイツ人は話さないと何を考えているか分からないとなってしまう。アマチュアのカテゴリーなので、上手く行かない時は人のせいにする選手も多く、当たり前のことを言わなければいけないとも痛感しました。高校生を見ている前田さんも同じだと思うのですが、こんなことを言わなくても分かるよなと思うことも言わなければいけない難しさを感じています。

前田 日本人とドイツ人の割合はどれぐらいなの?

岡崎 トップチームにいる日本人選手は8人ぐらいで、他にドイツ人を含めたヨーロッパの選手が12、3人います。9部にいるセカンドチームにも同じぐらい日本人がいて、トータルで在籍する日本人は15、16人ぐらい。二十歳前後で来ている選手ばかりです。強いチームは上位カテゴリーから、お金を払って獲る選手が増えますが、僕らのチームはお金がないので安くて頑張ってくれる日本人と、何人かの助っ人によって何とかチームが成り立っています。

前田 若い選手を教えていて感じることはある? 岡ちゃんとはメンタリティーを含めた全てが違うわけじゃない。だからといって、「俺とは違う」と接してしまうと難しい部分もありそうだよね。どう寄り添っているのかなって。

岡崎　自分にも子どもがいるので、自分とは全く別だと分かってはいました。今はどちらかというと選手に合わせています。アマチュアの若い選手に合わせつつも、高い基準は知っているので、「プロにはこれぐらい求められるけど、今のお前はここ。だから、段階を踏むためにも次はここを目指そう」と近い目標を与えるイメージで指導しています。今の子はすぐに目標や夢を達成できると思っていませんか？　でも、それは違うと教えていかないといけない。

前田　努力しても報われないことはある。でも、努力はしないといけない。

岡崎　大事にしているのは向き合う作業。選手の頃は自分と向き合う作業をしていたのですが、今は人と向き合う作業がほとんどですね。自分と向き合う方がいかに楽だったか思い知らされています。ただ、結局監督をやっていると自分と向き合うじゃないですか。前田さんは負けた時にどう思いますか？「この選手が決めていれば」とか思いますか？

前田　負けた直後は「あいつ何してるねん！」と腹が立つよね（笑）。でも、その日の夜に映像を見返して、寝るぐらいのタイミングになると「次は自分自身がこうしなければいけないのかな」と頭を巡らせる。言い過ぎたのかな、言わない方が良かったのか、これを言っておけば良かったなど反省を踏まえて、言葉の匙加減をいつも調整する感じかな。

岡崎　僕も全く同じで、それが面白い。正解はないし、その時は正解だと思って判断しても正解とは限りません。選手時代のプレー判断と似ている気がします。ピッチに立つ選手へのメッセージとして、守備的な選手を入れて守ろうとしても、攻撃的な選手が相手に突っ込んだ結果ボールを失って失点することもあります。それなら別の交代策を選べば良かった。責任のあるゲームみたいなイメージです。

前田　この前、ＪＦＬのクリアソン新宿が滋賀に来ていて、監督の北嶋秀朗さんと話す機会があったんだけど、「負け出してから、俺が好きなことをやろうと思った」と言っていたのが印象的だった。「それで結果が出なければ仕方ない。ブレていたけど、やるよ」って。

岡崎　でも、監督をやってみるとやりたいことができないと思いました。そもそも指導者としてやりたいこともないので。選手がアグレッシブに戦って、チームが勝てば良い。ただそれだけ。でも、最低限のことをやれない選手が今のチームには多いので、そこの基準は作りたいと思っています。いつかは指導者として「俺だから勝てた」と思えるようになりたいけど、今は「こんな選手がいれば…」と思ってしまう。理想とする選手がいなかった場合は基準をどこに置くかが重要になるので、「行け!」や「切り替え!」など自分が言われて一番嫌いだった指示をいま自分で言ってしまっています。良い監督になったら変わるのかなと思いながら指導しています。前田さんは指導者としての目標はあるんですか?

前田　いつかS級ライセンスを取得して、アジアの国で勝負したいとは思っているよ。

岡崎　見てみたいですね。指導者として上に行こうとする人は少ないじゃないですか。多くの人が安定を求めてしまう。それが悪いわけではないのですが、僕の肌には合いません。リスクを冒さない人間が指導者として選手に「挑戦しろよ」と言うのは違和感を覚えてしまうからです。選手に言うからには自分が挑戦しなければいけない。前田さんを見ているとリスペクトしかないですね。近江高校が選手権で準優勝した際も、そこまでにたどり着くまでの苦労や挑戦による味みたいなものが、画面から伝わってきました。指導者の経験や覚悟は選手にも伝わると思うのです。人間として軽い人が同じことを言っても上手く伝わらない。海外の監督は働きながら指導している人が多いので、覚悟みたいなものを感じます。

前田　岡ちゃんは海外の指導者をたくさん見てきたじゃない。やっぱり付いていこうと思える人って多かった?

岡崎　何を持って良い指導者と言えるかは分かりませんが、言っていることとやっていることが違うと選手が付いていこうと思わない。だから、生き方が指導に繋がる気がしているし、そうであって欲しいと信じています。何もリスクを負っていない人が上手く行くのは悔しい。いろんなことを一生懸命頑張っている世界であって欲しいと思っています。

前田　20代前半はいろんな国を旅していて、南米にも行ったんだよ。アルゼンチンではボカ・ジュニアーズの本拠地、ラ・ボンボネーラにも行ったんだけど、7万人もの観客が熱狂しながらマリファナを吸っている姿を見て、もう1回サッカーを頑張ろうと思えた。岡ちゃんが言うように、どんなサッカーがしたいというよりは、人が熱狂するサッカーがしたい。そのためには指導者自身が「このサッカーは面白い」と思えないといけない。自分が信じていないと周りも熱狂しないと気付かされた。そこからたくさん試合を見て、自分がどんなサッカーに心を惹かれるのかを考えるようになったかな。

岡崎　自分もアルゼンチンでプレーしたかったので、生で見たのは羨ましいですね。

前田　代表では南米のチームと対戦しているよね？　ヨーロッパとの違いはあるの？

岡崎　スペイン時代は、アルゼンチンの選手と対戦する機会が多かったです。スペイン人も相当強いですが、アルゼンチン人は「そのタックルをするのか！」と思うぐらい荒いプレーを平気でしてくる。それにアルゼンチンの代表戦を見ていると、交代させられた際に監督の目の前でベンチを蹴っている。クレイジーでないと監督にあんな態度は取れません。日本人であることを誇りに思っていますが、いざ競争に勝とうと思ったらあれぐらいのメンタリティーでなければいけないと思わされます。現地であの空気感を体感してみたいのですが、40歳が近づいた今になって南米を経験するのはちょっとしんどいかなって。

前田　その時々でしか感じられないこともあるし、今の岡ちゃんに必要なことでもない気がするよね。おそらくは当時の僕にとっては必要なことだったとは思う。

岡崎　若い時に海外を経験していることがポイントだと思います。だから、FCバサラ・マインツに来ている若い選手のサポートをしてあげたいし、応援してあげたい。僕は25歳で初めて海外に行きましたが、前田さんはエスパルスとの契約が終わってすぐ海外に行ったんですよね？

前田　最初に行ったのはアルビレックス新潟シンガポール。あそこでの経験が大きかった。若い日本人選手に海外でのプレー経験を通じて、どんなことを伝えようとしているの？

岡崎　FCバサラ・マインツはプロのカテゴリーではないので、サッカー選手として以前に人としてのあり方を伝えています。うちの選手を見ていると、プロになる選手はやっぱりなる理由があると気付かされました。技術やフィジカルはもちろんですが、判断が違いますね。教えなくても分かるようなことが分かっていない。高校で学ばずに大人になったというのでしょうか。人のせいにせず、自分に矢印を向けることもそう。

そうした基本的なところをまずは見て、選手と向き合いながら伝えています。

前田　岡ちゃんは自分に矢印を向けていたから、どんどん変わっていった。どうやって上手くなったかを考えると、先輩たちにすごく可愛がられていたのが大きい気がする。人間関係の作り方が抜群だったよね。その中で、いろんなアイデアをもらっていたと思うけど、賢いのは全てを受け入れるのではなく、取捨選択しながら良いところを吸収していたと思うんだよ。見極め方が上手いというか、鼻が利くというか。指導者をやっていて思うけど、鼻が利くかどうかは教えられるものではない。岡ちゃんがエスパルスに来た頃には鼻が利いていたので、天性のものというか、どんな育ち方をしたのか気になるかな。

岡崎　僕が選手として一番影響を受けたのは滝川第二高校の黒田和生先生で間違いありません。ただ、自分自身を知りたくて人生を遡っているのですが、今の性格を作ってくれたのはやっぱり親の影響が大きいですよね。ポジティブと言いますか、僕が何かをやろうとした時も「ええやん」と言ってくれていたのが、自分に合っていたんです。最終的にたどり着いたのは「運が良かった」という答えなのですが、出会った環境が全て良かった。小学校で初めて出会った監督とコーチが気合いと根性を大事にする人で、ダイビングヘッドを教えてくれたのですが、そこにいたみんなに合うわけではなく、たまたま僕にフィットした。それにどれだけ厳しくても親のおかげで、「今はサッカー選手としての貯金をしているんだ」とポジティブにはなれました。

前田　人格を形成する上で親の存在は大きいよね。岡ちゃんの親でなければ、小学校でサッカーと出会っても、ポジティブに取り組めていなかったんじゃないかな。

岡崎　サッカー選手として一番重要な小学生の頃は、チームの中でも足が速かったんです。でも中学、高校と進むにつれて、周りの選手がすごく速く感じられ、自分がサッカー選手として足が遅いことに気付いたんです。そうしたコンプレックスや挫折を経験したのは大きかったと思います。いろんな人の話を聞いていると、サッカーが上手くなるには早い段階で挫折を経験するのが大事な気がしていて、僕にとっての挫折は中学生時代でした。

前田　僕も今になって振り返ると若いうちの挫折が後の人生に生きている気がする。

岡崎　高校に入ってからも運が良くて、1年の時にマルセロ・ビエルサ監督（アルゼンチン代表監督などを歴任）の下で指導されていた荒川友康さんが、滝川第二のコーチに就任されました。荒川さんとの出会いによって、僕のサッカーに対する考え方が一気に変わりました。荒川さんは2002年の日韓ワールドカップで、アルゼンチン代表に帯同されていた方でもあり、僕が憧れていた選手を引き合いに出しながら教えてもらうことで、世界を初めて意識するようになりました。前田さんに言ってもらったように良い選択ができたのは親や出会ったコーチが良かったからで、小学校や中学校など出会いが早ければ早い方が良いのではないでしょうか。

前田　結局は運という言葉になるよね。

岡崎　すごく簡単ですが、運という言葉になる気がします。今の子どもたちの運の悪さは時代じゃないですかね。いろんな物が揃っているし、怒られもしない。それを運が良いと思う人もいますが、僕は運が悪いと思ってしまう。元プロ野球選手のイチローさんも何かのインタビューで口にされていた「今の子はかわいそう。自分で自分に厳しく接するしかない」という言葉の意味をすごく理解できます。今の時代だからこそ指導者がどんどん重要になっていくと思うので、前田さんみたいなクレイジーな人がこれから必要ではないでしょうか。

前田　じゃ、岡ちゃんのチームで雇ってくれよ（笑）

岡崎　絶対、うちには来ないでしょ（笑）。エスパルス時代、試合に出られない時も前田さんはポジティブにいられましたか？

前田　サッカーに対して前向きではなかったよね。ただ、クビを何度か経験するうちに、どうやって生きていくかを考えるようになった。だから、もう1回人生をやり直そうと思って、サッカー引退後に大学進学という選択をしたんだと思う。岡ちゃんは挫折を挫折だと思っていないでしょ？　今になって振り返ると良かったなと思うことばかりな気がする。

岡崎　前田さんはサッカー選手としては大成しなかったかもしれないけど、この後プロの監督になってアジアの代表チームを指揮する機会が来たとすれば、サッカー選手としての挫折が一つの転機だったわけじゃないですか。僕も恵まれていると思われるかもしれませんが、サッカー選手としてのキャリアは不完全燃焼。自分にはまだ先の人生があると思っています。

前田　どの口で不完全燃焼と言っているんだよ（笑）。十分今でもすごいのに。この間話した際も「悔しいことの方が多い。ここから這い上がろうと思う」と口にしていたのが印象的だったよ。サッカー選手として、何を成し遂げたかったの?

岡崎　やり切れていないと思うほど悔しい経験が多かったんです。イングランドのレスター・シティで一緒にプレーしたジェイミー・バーディーやリヤド・マフレズ、エンゴロ・カンテがプレミアリーグ優勝を機に注目度を上げ、格上のチームに引き抜かれたりしていきましたが、自分はそれ以上になれなかった。それにドイツの時もそうでしたが、アジア人というだけで、何気ないことでも腹立たしく思うことが多かった。サッカーだけで捉えていないかもしれないですね。国同士の面目で考えると、ヨーロッパの人たちを見返せていない気がします。海外でプレーしていなかったら、こんな思いにはならなかったと思います。海外に行った1年目、2年目の悔しさは今でも覚えていますし、13年間ずっと同じ思いの繰り返しでした。

前田　具体的にどんな悔しい思いをしてきたの?

岡崎　ようは使い勝手が良い選手だったので、メンバーから外されやすかったんです。

ただ、指導者になってみると当時の監督の気持ちが少し分かります。日本人とドイツ人がチームにいて、ドイツ人を外してしまうと他のドイツ人に悪い影響を与えるかもしれないから外せない。誰を外そうか考えると大人しくて真面目な日本人になるんです。自分がされたことと同じことをしているから悔しさを感じつつも、ドイツで戦うにはドイツ人が持つ人間としてのパワーが必要だったりもするので難しいところです。ダメならダメでちゃんと外せる指導者にならないといけないので、そこでも悔しさを感じます。

2016年、レスター・シティFCではツートップの一角として活躍、初のプレミアリーグ優勝に貢献した

前田　多くの人はヨーロッパで現役生活を終えると日本に帰ってくるじゃない。その選択肢もあったと思うけど、ドイツの下部カテゴリーから監督を始めるのは今までの日本代表経験者が歩むキャリアとしてなかったよね。そこから上がっていて、岡ちゃんには新しいモデルになって欲しい。誰かの下に何年か付いて学ぼうとは思わなかったの？

岡崎　2年前、高校時代の恩師である荒川さんに僕が立ち上げた関西社会人リーグ1部のFCバサラ兵庫で監督をお願いしたのは、僕があの人をずっと追いかけているから。学びたいって思っている人が近くにいるのは僕にとっては大きくて、いつでも学べる環境にいます。今でも困ったらすぐ電話してますし。

前田　世界の錚々たる監督の指導を受けた中で、荒川さんが一番だと思うのはすごいよね。俺も今度練習を見に行って良い？

岡崎　ぜひ来てください。戦術オタクでクレイジーと言われているビエルサの側近だったので、今でも荒川さんはビエルサにコンタクトを取り続けています。前に戦術の資料を見させてもらったことがあるんですが、束になるぐらいあったので、すごく面白いです。荒川さんみたいにはなれないと思いますが、本当にサッカーを学ばせてもらっている人です。

前田 いろんな人の話を聞いていて思うけど、一流の監督ほどクレイジーよね。

岡崎 良い人であるから世界のトップまで行っているとは思うのですが、前提としてクレイジーな部分がないと監督という仕事は務まらない気がしています。そう思わされたのはマインツ時代に師事したトーマス・トゥヘル（2025年1月よりイングランド代表監督に就任）。監督は選択を迫られた時に、自分が間違っていると思っていても正解にしなければいけない場面が出てきます。そこでブレてしまうと選手にもバレてしまう。そうした意味では貫き通すことはクレイジーな人にしかできない。もちろん、あれもやりたい、これもやりたいとブレる監督もいますが、上に行けば上に行く人ほどブレないクレイジーな人が多い気がします。

前田 昨年、ラ・リーガでチャンピオンズリーグ出場権を取ったジローナのミチェル監督の指導も受けているよね？

岡崎　ウエスカで一緒でした。あの人もクレイジーでしたね。とにかくビルドアップが大好き。練習はいつもゴールキーパーからスタートして、センターバックが持ち運ぶところから始まりました。フォワードとしては面白くなかったですが、選手の能力が高いとジローナみたいな躍進に繋がるんじゃないかと思います。ウエスカ時代も降格しそうになってても自陣からのビルドアップにこだわっていました。

前田　降格しそうになってもやりたいサッカーを貫くのは勇気がいるよね。

岡崎　ミチェルは3チーム目のジローナで上手く行きましたが、ラージョとウエスカでは2部から1部に昇格させながらも翌シーズンには降格を経験しています。ウエスカ時代はシーズン途中で解任されたのですが、それでも自分のサッカーを貫いて結果を出したんだから、彼の判断は正解じゃないですか。良い監督だと思っていましたが、やっぱり結果を出したかって。

前田　ヨーロッパでいろんな監督の下でプレーしてきた中で、すごいと思った人はいた？

岡崎 トーマス・トゥヘルは上に行く監督だと思っていました。練習をやっていても楽しいし、練習でやっていたことがそのまま試合に出ていた。ミーティングでこれをやろうと言われるとパッと試合にも入れた。それにトレンドを取り入れたハイブリッドなサッカーをしていました。ただ、その後レスター・シティでクラウディオ・ラニエリのサッカーと出会って何が指導の正解か分からなくなりました。ラニエリのスタイルは奪ったらカウンターというシンプルなサッカーで、守備はコンパクト。いわば古いイタリアのスタイルを貫いた監督でした。その監督の下で、プレミアの優勝を経験しました。練習も特別なメニューはなくて、ゲーム形式が多くて代わり映えしなかったのですが、当時のイングランドには守備を固めてカウンターに徹するチームが少なかったのが大きかった気がします。

前田 でも、優勝した翌年にシーズン途中でクビになったよね。

岡崎 ラニエリはなぜ監督をクビになったか分かっていなかったし、なぜ優勝したかも分かっていなかった気がします。たまたまサッカーがハマっただけであって、そこからラニエリも学んでアップデートした方が良かった。いろんな選手を獲得し、もっと強いチームが作れる、やりたいサッカーができるとなった結果、チームが壊れていきました。

プレミアリーグでありがちなケースで、良い選手を取った結果、チームのバランスが崩れてしまう。やりたいサッカーでなくても良いのですが、こだわりというか、元に戻れる場所がある監督のいるチームが強い気がします。

前田　岡ちゃん自身は選手として、戻るべきベースや考えを持っていた?

岡崎　そこは大事で、自分の特徴は小学生の頃から変わっていません。

前田　そう考えると育成年代での指導が大事だよね。FCバサラ兵庫の育成年代を見ている指導者に何かオーダーをしているの?　完全に任せているの?

岡崎　マイスターというチームから始めて、中学生年代のチームを10年前から持っているのですが、当時から清水エスパルス時代にフィジカルトレーナーとして教わった杉本龍勇さんのメソッドを取り入れてきました。身体能力が上がれば必然的に自分のポテンシャルが上がるという考えを子どもの頃から持っておいた方が良いんじゃないかと思って。それ以外はあまり言っておらず、どちらかと言えば人間的な部分を育んでほしいとお願いしています。海外の選手のように自己主張ができる選手であって欲しいので。「早いうちから自分の意見を言えるようになった方がいい」という考え方に持って行けるようにして欲しいって。前田さんが子どもたちに自己主張をさせるために意識していることはありますか?

前田　3、4年前から心理的安全性についてずっと勉強していて、指導者に対しても言える雰囲気作りを時期によって作ろうとは意識している。普段はツンとしていても、指導者と選手の垣根を越えて言い合える状態に持っていきたい。僕の場合は教員でもあるので、部活だけでなく授業も受け持つので、いろんな接点が選手との間で生まれるし、僕自身も教員として教えている時と指導している時では見せる表情も違う。お互いがいろんな顔を見せる中で、様々な話を聞き出してくイメージというのかな。元は適当な人間なので、そこを前面に出す時は出すよ。

岡崎　自己主張はサッカー選手として大事で、昨日と一昨日もドイツの子どもたちを集めて、フットボールキャンプを開きました。僕が審判をやっていたのですが、ゲームを始める前は「シンジ!　プレミアでのあのゴールはすごかったね」ととてもリスペクトしてくれていたのですが、いざ試合が始まってファールを取ると「いまのはファールじゃない!」とボロクソに罵倒してくる。彼らを見ていて思うのは、勝ちたい気持ちの強さ。それを前面に出して、ただの遊びのサッカーであっても、1点取られたら泣きながらサッカーをしている子もいる。日本ではあまり見かけません。淡々としていて、変に大人になろうとしている。日本の子どもはませているイメージがあります。ドイツの子どもたちを見ていると、将来トップチームでプレーしている選手がすごくイメージできます。

前田　岡ちゃんがいた頃の日本代表は自己主張のできる選手が揃っていたように感じるよ。

岡崎　本田圭佑や長友佑都は自己主張が強かったし、僕も意外と自分の考えを曲げなかった。それに香川真司もいて、仲良くしつつも〝俺が！〟という自己主張をしあっていて、良い意味でのピリピリ感がありました。ミーティングでも「こういうサッカーしていこうぜ」と話し合いながら、「俺らが決めることではないだろ」と思っていました（笑）。

前田　久しぶりにじっくり岡ちゃんと話ができて良かったよ。また次はグラウンドで話そうよ。

岡崎　僕も話ができて嬉しかったです！　次はグラウンドでぜひ！

【PROFILE】

岡 崎 慎 司

（おかざき・しんじ）

1986年4月16日生まれ。兵庫県出身。滝川二高（兵庫）から2005年に清水エスパルスに加入。08年日本代表に初選出。日本代表として08年北京五輪、10年南アフリカW杯、14年ブラジルW杯、18年ロシアW杯出場。11年にはドイツ・シュトゥットガルトへと移籍。13年からは同じくブンデスリーガのマインツに在籍し、2シーズン連続で二桁得点を記録。2015年にはイングランド・レスター・シティへと移籍、加入初年度にクラブ創設132年で初のプレミアリーグ優勝に貢献。19年からは活躍の地をスペインに移し、ラリーガ2部のウエスカに移籍。リーグ戦12得点を挙げてチーム得点王として優勝（1部昇格）に貢献。21年より同じくラリーガ2部のカルタヘナでプレーし、22年にベルギーリーグのシント=トロイデンVVへ移籍。2024年5月に現役を引退し、現在はドイツ6部リーグのFCバサラ・マインツで監督を務める。

おわりに

関西学院大学のヘッドコーチを辞めて、人生をリセットするつもりで挑んだ近江高校で、30代の全てが終わりました。

仮に近江から話をもらった30歳の頃にもう1度戻っても「やります!」と即答するでしょう。サッカー部としての実績が全く何もない学校に行った自分の決断は間違いなく正しかったと思います。

欲を言えば昨年度の選手権で選手たちと一緒にあと一勝したかった。良く頑張ってくれたと感じる面もあれば、あと一歩足りなかった面もあります。

選手たちには高校サッカーを終えても次の世界、次の目指すべき場所があります。次の場所で過去を振り返ることなく、生きて欲しい。今を夢中に生きて、やりがいも感じて欲しいと思っています。

次の仕事を決めないまま関西学院大学を辞めても僕と一緒になり、サッカー優先の生活を支えてくれた妻や子どもには感謝しかありません。選手、スタッフとの出会いに恵まれ、多くの気付きを得ましたし、近江高校サッカー部の監督でなければ出会わなかった人もたくさんいます。

今回、書籍の発売にあたって対談に快く協力してくれた岡崎慎司とは清水エスパルスを辞めてから交流が途絶えていたのですが、選手権準優勝によって僕の近況を知ってくれて、話す機会がまた生まれました。日本代表で歴代3位の得点数を記録し、レスターではプレミアリーグ優勝という輝かしいキャリアを残しながらもドイツで自らのクラブを立ち上げ、監督としてチャレンジする彼の姿勢には刺激をもらっています。そうした現役生活も含めた全ての出会いが財産で、「前田高孝」という人間を成長させてくれました。

関西学院大学にそのまま残っていたら、同郷のスターである西川貴教さんと話せる機会もなかったでしょう。話を聞かせてもらい、西川さんが自分の価値をいろんな方法で高められていることを知ることができました。本業である音楽だけで勝負するのではなく、〝西川貴教〟というブランドを上手く利用して、勝負をされている。結局は、前提として周りの人たちに興味を持ってもらえるような面白い人間にならなければいけない。組織に頼るのではなく、独り立ちしなければ人間としての魅力が生まれないと改めて勉強になりました。

僕が近江高校で育てたかったのは岡ちゃんや西川さんのような逞しい人間です。本文でも触れている関西学院大学時代に指導した呉屋大翔（ジェフユナイテッド市原・千葉）も逞しい人間でした。ピッチ内外で野性味が溢れていて、どこでも生きていけそうな選手とでも言うのでしょうか。呉屋のように卒業後、社会に出た際に逞しく自分で人生を切り拓いていける選手が生まれて欲しいと思い、これまで9年間、高校生を指導してきました。

学生時代の経験を生かし、大人になってからも愚直に頑張れる。仕事をし始めて社会の仕組みが分かってくれれば、自分の意見を論理的に言える。そして、「男に二言はない」と言って一度決めたことをやり遂げる。そうした逞しい人間だからこそ信頼を得て、周囲の人たちから〝アイツに任せたい〟と思ってもらった結果、成果が上がっていくと思うのです。

今年に入ってから通い始めた京都芸術大学の大学院で職人の仕事について学ぶ機会がありました。伝統工芸を掘り下げていくと、誰が作るかがとても大事だということが分かりました。

例えばホテルマンや販売員でも、やっていることは同じようなサービスでも誰がやるかによって全く違います。職人の人たちと同じように、名前で仕事を取っていけるような人材になって欲しい。そのためには人から愛される男にならなければいけません。人生をかけて目の前の仕事を頑張っていれば、きっとその思いは伝わるはずです。

そうした人の心を動かせる人間になることができれば、また新たな出会いも生まれていくはずです。サッカー界は人の繋がりが大事だとよく言いますが、人の繋がりは自分がどうなりたいかという考えや思いがまずあった上で、自分の価値を高めないといけないものだと考えています。

自分に価値がないと対等な関係は作れません。選手には自らの価値を高めて、会社や役職など肩書きだけでは生きてほしくはありません。これから1期生の選手が30歳を超えて、誇りを持って仕事をしてくれていたら、近江高校でやってきたことが間違えではなかったと思えるかもしれません。

僕自身これからも自分の名前で勝負できるように、人間としての魅力を高めていきたいと思っています。僕だけができるオンリーワンの仕事ができる指導者になるためにも、これからもチャレンジし続けていきます。

2024年12月　前田高孝

【PROFILE】

前田高孝

（まえだ・たかのり）

1985年生まれ。滋賀県出身。現役時代はFWとして活躍。草津東高校1年時に全国高校サッカー選手権、3年時に全国高校総体に出場。卒業後の2004年に清水エスパルスに加入。2006年にアルビレックス新潟・シンガポールに移籍。2007年には、ドイツのFSVデルンベルクに移籍し、2008年、膝の怪我のために現役引退。その後、2009年に関西学院大学に入学。入学と同時に海外へ旅立ち、タイの孤児院にサッカー場を建設したり、ホームレスサッカー日本代表のコーチを務めるなど、幅広く活動。関西学院大学ではヘッドコーチとして、サッカー部を指導。2015年に近江高校の監督に就任し、部員4人からのスタートだったが、2017年に全国高校総体出場へと導いた。続いて、2018年には高円宮杯U-18サッカープリンスリーグ関西への昇格を果たし、県リーグ3部からスタートで最速でのプリンスリーグ昇格となった。さらには、2020年全国高校サッカー選手権初出場、そして2023年度の選手権では準優勝を飾った。“Be Pirates（海賊になれ!）”のチームスローガンのもと、従来のポジションにとらわれない流動的なサッカーを展開し、ドリブルやワンツーを巧みに用い、繰り広げられた攻撃的な戦いぶりは多くのサッカー関係者の注目を集めた。

本書をお読みになったご意見・ご感想、
メッセージなどお気軽に著者までお寄せください。

maedatakanori-@hotmail.co.jp

Boys Be Pirates!
近江高校サッカー部のブランディング哲学

2024年12月25日初版第一刷発行

著　者 … 前田高孝

発行所 … 株式会社 竹書房

〒102-0075
東京都千代田区三番町8番地1 三番町東急ビル6階
E-mail　info@takeshobo.co.jp
URL　https://www.takeshobo.co.jp

印刷所 … 共同印刷株式会社

本書の記事、写真を無断複写(コピー)することは、
法律で認められた場合を除き、著作権の侵害になります。
落丁本・乱丁本は、furyo@takeshobo.co.jpまで
メールでお問い合わせください。
定価はカバーに表記してあります。

Printed in JAPAN 2024